DANG LANH HOANG

Chutes de murs

Propos d'un Berlinois Vietnamien

Dang Lanh Hoang

Chutes de murs

Propos d’un Berlinois Vietnamien

Edition: BoD – Books on Demand, Norderstedt

ISBN: 9783752673593

Dépôt légal: 2020

Prix: 9.99 €

Traduction°: JP Bouzac

Couverture et illustrations°: (peintures et photos) © JP Bouzac

Couverture recto°: Ciel et montagnes, voir « L'Université dans la forêt »

Couverture verso°: Hanoï (2013), Berlin-Est (1986)

FSC
www.fsc.org
MIX
Papier aus verantwortungsvollen Quellen
Paper from responsible sources
FSC® C105338

Table des matières

À propos de l'auteur

Dang Lanh Hoang est né au Viêt-Nam en 1948.

En 1971, il a obtenu un diplôme de chimie à l'université de Hanoï et a ensuite travaillé comme enseignant universitaire jusqu'en 1975. Entre 1975 et 1988, Hoang était assistant de recherche au Centre national de recherche (NFZ) Viêt-Nam, à Ho Chi Minh Ville (anciennement Saïgon).

Dans le cadre de la coopération bilatérale entre le NFZ Viêt-Nam et l'Académie des Sciences (AdW) de la République Démocratique Allemande (RDA), il a obtenu son doctorat en chimie et a ensuite (1988-1991) travaillé dans un institut de recherche de l'AdW à Berlin.

Par la suite (1992-2014), il a travaillé dans des instituts de recherche à Berlin et à Rostock avant de prendre sa retraite en 2014.

Depuis, Hoang vit à Berlin. Il est l'auteur de nouvelles et a traduit des textes littéraires du vietnamien vers l'allemand et de l'allemand vers le vietnamien, notamment *Quand la lumière décline* d'Eugen Ruge, *Extinction*, *Des arbres à abattre* de Thomas Bernhard, *La Leçon d'allemand* de Siegfried Lenz et *Sie kam aus Mariupol* de Natascha Wodin.

À propos de ce livre

Le présent livre, *Chutes de murs*, est un recueil d'expériences personnelles de l'auteur. Avant son arrivée en RDA, il avait vécu au Viêt-Nam à la fois la guerre au Nord et la réunification des parties nord et sud du pays, séparées par les hostilités pendant des décennies.

Aujourd'hui, l'Allemagne, qui, après une longue division Est-Ouest, a été réunifiée, est devenue son pays d'adoption. Il n'est pas rare que les souvenirs des années passées au Viêt-Nam lui reviennent. Cela peut se produire sur le chemin du travail, ou simplement en se promenant dans la forêt, en regardant les traces de pieds nus dans la rue ou d'avions dans le ciel.

Malgré la grande distance entre sa nouvelle et son ancienne patrie et la longue période qui a séparé sa vie au Viêt-Nam et celle en Allemagne, il semble, curieusement, qu'il y ait presque toujours des liens directs ou indirects entre les différents lieux et époques°! Et tout cela lui donne matière à réflexion.

À propos du traducteur et illustrateur

JP Bouzac est né à Cognac en 1960 et vit à Berlin depuis 1986, à la suite de son service militaire. Il a publié plusieurs livres en français et en allemand, nouvelles et récits largement autobiographiques, tel que *Ma guerre froide*. En tant qu'artiste graphique, il utilise différentes techniques apprises en autodidacte, dans le cas présent le collage, le dessin et la peinture acrylique.

Empreintes de pieds nus

Cette jeune femme, je la voyais souvent dans les bus des lignes 25 ou 27, qui relient Reutershagen à Saarplatz, à Rostock. Elle était jolie, avait de grands yeux clairs, de longs cheveux bruns avec de petites boucles. Elle semblait modeste, voire un peu timide, avec son léger sourire caché. Dans une ville universitaire comme ici, où l'on peut voir des étudiants à presque tous les coins de rue, elle serait peut-être passée inaperçue, si elle n'avait pas été pieds nus.

Quand je l'ai vue pour la première fois pieds nus dans le bus, j'ai d'abord pensé que la jeune femme s'amusait peut-être à marcher comme ça. Comme on le fait de temps en temps, spontanément, sur un coup de tête. Surtout ici, à Rostock, non loin des plages de la mer Baltique, où cela n'a rien de très original. Une fois, en plein hiver, bien que l'ayant vu de mes propres yeux je ne pouvais pas croire comment un jeune homme pouvait marcher pieds nus dans la neige sur la plage de Warnemünde.

Mais quand je l'ai revue pieds nus par la suite, je n'ai pas pensé pour autant qu'elle était membre des Moniales Déchaussées de Rostock, par contre, j'ai compris que ce n'était pas pour elle une action spontanée.

Coïncidence ou pas, elle descendait à chaque fois du bus à la station Parkstraße, comme moi, prenait la Laurembergstraße puis la Erich-Schlesinger-Straße, empruntait le chemin menant à mon institut, avant de disparaître dans l'un des bâtiments universitaires voisins. Et à chaque fois, je la suivais en gardant mes distances. Les rues étaient goudronnées et les empreintes de ses pas n'étaient pas visibles, bien sûr. Et pourtant, ces traces invisibles me sont apparues aussi clairement que les traces de pieds nus vues sur une digue du Nord-Viêt-Nam pendant l'été 1966.

Depuis deux ans déjà, depuis août 1964, les avions de chasse américains bombardaient le Nord-Viêt-Nam. Jusque-là, la ville de Hanoï avait été plutôt épargnée, mais nous étions tous sous l'emprise de la guerre. De jour comme de nuit, les sirènes installées sur les toits des maisons de toute la ville, se mettaient à hurler à tout moment, avant qu'une voix sévère et menaçante ne se fasse entendre dans les haut-parleurs suspendus à des lampadaires ou à des poteaux électriques à presque chaque carrefour°: *« Attention, citoyens°! Attention, citoyens°! Les avions de chasse ennemis sont à cinquante kilomètres de la ville. »*

Les sirènes les plus performantes se trouvaient sur le toit de l'Opéra de Hanoï, un bâtiment inauguré en 1911, qui selon *Jürgen Osterhammel*, était censé démontrer la supériorité de la civilisation française[1]. On les entendait très clairement, même à grande distance. Chaque fois que des avions de chasse s'approchaient de la ville, tout le monde recevait l'ordre, par le biais des

---

[1] *Die Verwandlung der Welt. Eine Geschichte des 19. Jahrhunderts. Beck, München 2009*

haut-parleurs, de se rendre immédiatement dans les installations défensives installées presque partout dans la ville, le long des rues, aux carrefours, dans des arrière-cours et les parcs.

Des soi-disant *systèmes de protection des personnes* avaient été installés pour les piétons, qui n'étaient rien d'autre que des cylindres de béton de la taille d'un homme, enterrés à la verticale dans le sol, et qui étaient produits en masse spécialement à cette fin. Et combien de fois ai-je dû sauter dans un tel refuge, seul, ou avec des amis, mon frère, ma sœur ou ma mère, ou avec de parfaits inconnus, et tremblant de tout mon corps en entendant le crépitement des mitrailleuses de tous calibres tirant depuis les toits des immeubles vers le ciel.

Pamm! Pamm! Pamm! Pamm!

Presque cinquante ans plus tard, je me souviens encore très bien du bruit, de l'acuité et de la fureur avec lesquels un canon antiaérien Vierling monté sur le toit d'un grand magasin en face de notre maison tirait ces courtes salves. C'était une peur de tous les instants. Et cette voix alarmante des haut-parleurs, ce bruit menaçant de tirs m'accompagneront toujours.

Parfois, je me demandais si les pilotes des bombardiers américains pouvaient nous voir d'en haut. En souvenir des expériences meurtrières de la guerre contre les Français, qui n'était pas terminée depuis si longtemps, on pensait qu'ils voyaient tout et tiraient sur tout ce qui était clair et en mouvement. On s'habillait donc presque uniquement en noir, croyant naïvement être bien camouflé. Pour les femmes de cette époque, les pantalons, étaient de toute façon de couleur noire, et pour les hommes, bleu foncé, vert kaki ou marron. On essayait de teindre les hauts de couleur claire avec quelque chose de sombre. Les chemises blanches étaient trempées dans une solution d'encre de Chine noire. Qui d'entre nous aurait pu deviner à quel point tout cela était puéril et ridicule face à la technologie électronique moderne de l'US Air Force.

Que ce soit sur le chemin de l'école ou sur les aires de jeu, les enfants devaient porter des chapeaux en paille de riz très larges, si grands et si lourds qu'ils préféraient les porter sur le dos plutôt que de les avoir en équilibre sur sa tête. Après tout, ces couvre-chefs avaient plus ou moins réussi à sauver la vie de nombreux enfants vietnamiens de ces bombes incroyablement sournoises, dites *bombes à billes* ou *bombe ananas* des Américains. Une bombe de ce type avait en effet l'air inoffensif par sa forme et sa couleur, mais elle contenait des dizaines, voire des centaines de petites boules de métal ou de plastique qui, lorsqu'elles explosaient, pénétraient dans le corps de la victime et soit la tuaient sur le coup, soit la faisaient souffrir toute sa vie.

Aujourd'hui, je suis encore surpris de constater que l'on n'évoque presque pas l'évacuation des villes. Pourquoi°? Ce n'est pas de la nostalgie ou quelque chose comme ça. N'était-ce pas un grand exploit de logistique et d'organisation en pleine guerre°? Ces efforts de l'USAF ont duré neuf ans, de 1964 à

1973. Ont-ils réellement réussi à bombarder le Nord-Viêt-Nam jusqu'à l'âge préhistorique ? Cela reste à discuter. Mais la vie des habitants du Nord-Viêt-Nam en a été complètement bouleversée par. La plupart des écoles, instituts, universités, ministères, usines ont été réduits, réorganisés, évacués des villes et répartis dans tout le pays.

Je ne sais pas si la population rurale était contrainte d'une manière ou d'une autre d'accepter les citadins dans les villages. Mais quand mon lycée a été évacué à Phu Dong, un village près de Hanoï, en 1965, je me souviens très bien que nous, les élèves, avons été simplement répartis et logés dans les maisons des fermiers du village. Les paysans nous ont accueillis comme leurs propres enfants, nous ont aidés autant qu'ils le pouvaient, partageant avec nous littéralement tout ce que la vie rurale primitive du Viêt-Nam de l'époque avait à offrir, gratuitement ou sans réelle contrepartie.

Il en a été de même pour mes parents, mes frères et sœurs et pour des milliers d'autres familles évacuées de Hanoï. Si tout cela avait eu lieu sous une quelconque contrainte, il serait difficile d'imaginer qu'une telle cohésion entre les gens ait pu durer de nombreuses années. Mais n'en a-t-il pas toujours été ainsi°? Dans chaque nation, dans chaque pays, les dangers de la guerre ou des catastrophes naturelles, la proximité de la mort, les difficultés et aussi la peur, soudent toujours les gens.

Le village de Phu Dong, dans lequel notre lycée avait été évacué, est situé directement sur la rivière Duong, affluent du Fleuve Rouge dans son delta. Malheureusement, je ne me souviens pas exactement à quoi ressemblait le village à l'époque. Ce qui me reste en mémoire c'est le très vieux temple construit à l'entrée principale du village pour vénérer le héros populaire et demi-dieu *Thanh Giong*.

La légende veut que la mère de *Giong* soit tombée enceinte après avoir découvert une énorme empreinte de pied dans sa rizière et avoir tenté d'y poser son propre pied. *Giong* est né, et à l'âge de trois ans, lorsque les envahisseurs chinois du nord ont menacé la patrie vietnamienne, il les a vaincus et repoussés seul, sur son cheval de fer et armé de cannes de bambou. Après son acte héroïque, il s'est envolé dans le ciel avec sa monture et a disparu à jamais.

Juste devant le temple se trouve une digue qui, dit-on, a été construite sous la dynastie *Ly*. Avec une diligence digne des fourmis, celle-ci a été élargie, allongée et fortifiée par les paysans pendant près de mille ans, année après année, pour protéger des inondations les champs et les villages en contrebas. La digue est large et était utilisée comme route reliant les villages le long de la rivière.

Et c'est très exactement là que j'avais déjà vu ces empreintes de pieds nus°! Innombrables, nouvelles et anciennes, petites et grandes, d'enfants et d'adultes, se chevauchant, à la queue leu

leu, ces empreintes recouvraient la digue dans les deux sens jusqu'à l'horizon. Peut-être que seul le vénéré *Thanh Giong* savait depuis quand, d'où et dans quelle direction tous ces gens marchaient, qu'il fasse un froid mordant ou très chaud, sous le soleil ou sous la pluie.

J'étais un enfant de la ville, ma vie avait été jusqu'alors essentiellement urbaine. On marchait rarement pieds nus, tout le monde possédait, malgré l'absence, sinon de véritables chaussures ou sandales en plastique *(celles en cuir avaient disparu depuis longtemps et presque plus personne ne se souvenait de leur existence)*, au moins des chaussures fabriquées à partir de pneus de voiture usés et considérées comme une invention pendant la guerre contre les Français. Toutes les variétés de chaussures étaient rares.

Dans les rues de Hanoï, outre les petits *ateliers* mobiles pour la réparation des vélos, il y avait aussi des ateliers pour la réparation des sandales usées et des vieilles chaussures. Je me souviens encore qu'au bout de la route Luong Van Can qui mène au lac Hoan Kiem, dans le centre de Hanoï, il y avait plusieurs ateliers de ce type où l'on pouvait essayer une paire de vieilles chaussures en cuir peut être laissée par un légionnaire français lors de son évacuation en 1954, et les faire ajuster pour beaucoup d'argent.

Mais il faut bien avoir quelque chose aux pieds°! Les sandales en plastique transparent, fabriquées par l'usine de Tien Phong, étaient particulièrement prisées, mais elles n'étaient disponibles qu'avec des coupons d'attribution spéciaux réservés aux cadres de haut rang. Les agriculteurs et leurs enfants à Phu Dong, où même le héros national et demi-dieu *Thanh Giong* était né pieds nus, n'avaient bien sûr pas de coupons de rationnement. Et c'est seulement ici, à Phu Dong, que j'ai réalisé que près de quatre-vingt-dix pour cent de la population du Viêt-Nam était rurale, et que précisément cette majorité n'avait que très rarement, ou jamais de sa vie, possédé de chaussures, pas même les plus simples.

Dire *I have a dream* serait exagéré, voire prétentieux. Mais, sur la digue devant le temple Thanh Giong, face à ces empreintes de pieds nus courant vers l'infini, j'ai eu cette simple pensée, qui allait contribuer de manière décisive à ma future carrière°: *Il me fallait étudier la chimie, devenir ingénieur, pour produire suffisamment de polymères et beaucoup, énormément de sandales, pour que tous les Vietnamiens puissent acheter ces sandales en plastique transparent si convoitées, et ce sans coupons de rationnement.*

Les déchets plastiques étant devenus un problème pour l'environnement, ce rêve d'une production massive de polymères pour la fabrication de sandales en plastique peut sembler absurde. Et pourtant, pendant longtemps, avoir des sandales en plastique a été l'un des souhaits presque irréalisables de la majorité des Vietnamiens. Les rêves varient selon l'époque et le lieu.

Pendant l'hiver 2008, je suis retourné au Viêt-Nam et j'ai de nouveau visité Phu Dong. Beaucoup de choses avaient changé. La rivière Duong avait charrié d'énormes quantités d'eau dans le Fleuve Rouge par-delà du village. Je ne reconnaissais plus rien. La route sur la digue avait été pavée, et maintenant les petites voitures pouvaient y circuler. Le temple de *Thanh Giong* avait été partiellement restauré et était à nouveau administré par des moines. A ma grande joie, le magnifique banian et un gros bloc de pierre, probablement posé directement sous l'arbre depuis toujours, étaient encore là. Ici, devant la porte du temple, j'avais souvent passé mon temps libre, seul ou avec des amis.

En chemin, je me suis souvent surpris à regarder furtivement les pieds des gens. Comme à Hanoï, plus personne ne marche pieds nus à Phu Dong. Les gens portent des chaussures ou des sandales, mais ni celles faites de vieux pneus de voiture, ni celles en plastique transparent. Je ne crois pas que *Bata*, *Nike*, *Adidas*... aient réussi à s'implanter partout au Viêt Nam pour offrir des chaussures bon marché à tous les paysans pauvres du nord et du sud. Mais leur succès est indéniable. Après tout, l'Union Européenne a même dû prendre des mesures pour éviter que les chaussures bon marché en provenance du Viêt-Nam n'inondent le marché européen°!

Mais cette évolution a conduit à reformer une armée de cireurs de chaussures - une armée qui symbolisait autrefois la pauvreté et l'humiliation de la nation - et qui n'aurait plus dû exister dans un pays socialiste libéré de la domination étrangère.

Je les ai revues, ces sandales en plastique autrefois si convoitées, lors d'une exposition sur le *temps des subventions* au Musée d'ethnologie de Hanoï. Obsolètes, jaunies, solitaires, abandonnées, pathétiques et inutiles, elles gisaient dans une vitrine. Au-dessous d'elles était écrit°: *Les sandales en plastique de la marque Tien Phong étaient rationnées. Elles étaient difficiles à trouver pour de simples cadres et travailleurs.*

Il était difficile de juger si c'était intentionnel ou non, mais la paire de sandales était posée dans la vitrine à côté d'une poupée blonde de fabrication soviétique. Juste à côté se trouvait une autre grande vitrine contenant un ancien anorak venant de RDA.

À l'arrière-plan se trouvait la réplique d'un appartement modèle dont le mur était ouvert par devant pour que les visiteurs du musée puissent regarder à l'intérieur°: vieux meubles, quelques livres anciens, une radio, un vélo. Tous ces objets, les vieilles sandales jaunes, l'anorak usé, la drôle de poupée et l'appartement avec tout ce qu'il contenait étaient nos rêves d'autrefois.

Rêves volontaires ou imposés, ils avaient symbolisé, reflété, façonné et dominé l'idée du bonheur et de la réussite chère à de nombreuses générations de Nord-Vietnamiens après 1945, dans un étrange modèle de société qui est depuis progressivement tombé dans l'oubli. Maintenant, ces rêves sont au musée.

De Phu Dong (temple) à Rostock (université), nu pieds

L'université dans la forêt

Pourquoi Todtmoos, petite station thermale du sud de la Forêt-Noire, près du triangle frontalier entre la France, l'Allemagne et la Suisse, m'a fait penser à un lieu très éloigné, situé à presque un demi-tour du monde de là, dans le nord du Viêt-Nam°? C'est difficile à dire.

Il s'agit de Dai Tu, l'endroit vers lequel l'Université de Hanoï avait été évacuée en raison des bombardements de la ville par l'US Air Force, devenus de plus en plus violents à partir de 1965.

J'ai trouvé cela un peu étrange, car Dai Tu là et Todtmoos sont séparés, non seulement par une grande distance, mais aussi en ce qui me concerne par presque cinquante ans de ma vie.

Ce n'est sûrement pas le paysage de Todtmoos qui m'a fait penser à Dai Tu. Todtmoos est également situé dans la forêt, mais dans la forêt européenne, où chaque coin, chaque chemin, chaque ruisseau ou rivière a été mesuré avec précision, marqué, officiellement catalogué, signalisé et documenté sous des noms amusants tels que *Herrenkopfweg* (chemin de la tête des hommes), *Schweineweg* (chemin des cochons) ou *Sägebach* (ruisseau des scies) sur une carte pour les curistes.

La forêt conserve probablement encore des traces des légendaires tribus germaniques qui se sont perdues ici dans la forêt, il y a longtemps, lors de leur migration vers le sud, ou peut-être même le souvenir de *Thomas Mann* ou *Maxim Gorki*, qui ont séjourné, dit-on, bien des années plus tard, pas exactement à Todtmoos, mais à proximité.

Dans mon souvenir, le paysage, à Dai Tu, était complètement différent. Les terres sur lesquelles la faculté de chimie de l'université de Hanoï s'était installée depuis près de quatre ans s'étendaient le long de la bordure orientale des montagnes Tam Dao, pratiquement encerclées par des montagnes, des collines et des forêts à l'arrière-plan et avec un torrent au premier plan. La capitale, qui n'était éloignée que d'environ soixante-dix kilomètres, ne serait aujourd'hui qu'à un jet de pierre. Pourtant, il nous semblait alors être déjà très loin, dans la jungle, complètement coupés du monde civilisé. Pour se déplacer dans la forêt, nous devions souvent tailler nos propres chemins à travers des fourrés presque impénétrables. Contrairement aux curistes à Todtmoos, nous n'avions pas de carte officielle pour nous orienter.

Le temps n'était certainement pas non plus ce qui pouvait rapprocher ces deux endroits.

À Todtmoos, le temps que j'ai connu en janvier était très féminin, c'est-à-dire instable, imprévisible, mais magnifique. Il neigeait, pas souvent, mais parfois si fort, que depuis la fenêtre de ma chambre à la clinique thermale de Wehrawald, qui se trouvait très haut sur une montagne, on aurait dit qu'un rideau blanc avait été tiré du ciel. Et puis la neige s'arrêtait soudainement de tomber. Souvent, le soleil réapparaissait même rapidement, comme si l'hiver voulait seulement brièvement flirter, et ne faisait tout cela que pour embêter les hommes du service de nettoyage des routes, qui avaient, quelques heures auparavant, avec leurs véhicules jaunes, dégagé les routes montagneuses fortement enneigées, ressemblant à des serpents, et même les chemins forestiers et piétonniers, et se dépêchaient maintenant de les dégager à nouveau.

Le brouillard était particulièrement beau. Le matin, depuis là-haut, le brouillard semblait être une immense toile blanche, flottant élégamment sur la rivière qui coule dans la vallée devant la clinique, avant que le vent, depuis sa cachette quelque part dans la forêt, ne vienne inopinément détruire la toile et la fasse disparaître rapidement.

Et le temps à Dai Tu ?

Certes, je ne me souviens pas non plus exactement du temps qu'il faisait à Dai Tu. Peut-être que lorsqu'on est jeune, on ne le remarque pas, ou bien, on ne s'intéresse pas à ça. Le temps n'avait aucune importance. Mais il n'a certainement pas neigé à Dai Tu.

À l'époque, tout jeunes étudiants, nous avions construit des baraquements temporaires en bois et en bambou dans la vallée d'un petit ruisseau, pas très profondément dans la forêt, mais à l'abri de couronnes d'arbres denses. Bien qu'il n'y ait pas eu de neige, il faisait parfois très froid. Mais la plupart du temps, il devait faire très chaud, une chaleur d'autant plus oppressante que l'humidité était élevée dans cette forêt quasi tropicale.

Il n'est donc pas surprenant que, lorsque j'ai visité la célèbre Maison tropicale du Jardin botanique de Berlin des années plus tard, j'ai eu presque immédiatement l'impression d'être revenu à ma période d'étudiant.

Le ruisseau n'était pas profond, mais il est resté bien présent dans ma mémoire. Alimenté par des sources cachées dans les bois, jaillissant peut-être des profondeurs de la terre quelque part au sommet de la montagne, rassemblant progressivement sa force par des méandres et serpentins avant de se précipitant joyeusement dans la vallée, il coulait jour et nuit devant ma fenêtre, qui avait été taillée dans la fine paroi arrière de notre baraque en bambou.

Le matin, très tôt, une fine brume blanche planait également au-dessus du ruisseau, qui serpentait tranquillement entre les arbres, rendant la forêt, déjà si impénétrable à nos yeux, encore plus inaccessible pendant un court moment. L'eau du ruisseau était claire, fraîche et rafraîchissante tant qu'il ne pleuvait pas. Car lorsqu'il pleuvait, le ruisseau, d'ordinaire si étroit et paisible, se remplissait soudain d'eau, qui se précipitait furieusement, grondait et menaçait de balayer tout ce qui se trouvait sur son passage.

Je ne sais pas si les habitants des vallées dont la vue est obstruée par arbres et montagnes, regardent souvent inconsciemment vers le ciel. Non seulement la nuit, pour s'orienter à la lumière des étoiles, mais aussi en plein jour. Comme s'ils voulaient chercher là-haut quelque chose pour se rassurer. En fait, ici comme là-bas, j'ai souvent levé les yeux au ciel. Et ce faisant, je découvris que, aussi étrange que cela puisse être, c'est précisément le ciel qui me rappelait ce petit endroit du nord du Viêt-Nam lorsque je me promenais dans les bois autour de Todtmoos.

Non pas parce que le ciel était infiniment bleu dans les deux cas, et souvent sans nuages, mais parce que les avions au-dessus de nos têtes laissaient des traînées blanches, entrecroisées, qui disparaissaient lentement dans l'air. Seulement, dans le ciel de Todtmoos, les machines étaient inoffensives. Dans le ciel de Dai Tu, ce n'étaient pas des machines pacifiques, mais des avions de chasse de l'US Air Force, qui volaient vers Hanoï ou Haiphong pour y larguer leurs bombes.

Comment aurais-je pu deviner à l'époque que ces longues mais fugaces traces blanches d'avions à réaction de l'USAF chargés de mort se graveraient si profondément dans ma mémoire ?

C'était en 1966.

Des jeunes été venus de tous les coins du Nord Viêt-Nam. Le système scolaire du pays était différent de celui d'aujourd'hui. Il fallait passer des examens difficiles pour terminer la dixième année du lycée, mais pas pour être admis dans les universités ou les écoles techniques. On était tout simplement nommé par le *Département de sélection des étudiants* du ministère de l'enseignement supérieur.

Ciel et montagnes

Ce département avait tout pouvoir pour déterminer qui, parmi les diplômés des écoles secondaires de tout le Nord Viêt-Nam, devait ou pouvait étudier, ainsi que quelle discipline et où. Mon diplôme d'études secondaires était bon, mais si l'on m'a finalement permis d'étudier à l'université de Hanoï, c'est surtout dû au fait que mon père était un scientifique renommé et très respecté. Les enfants d'universitaires n'étaient alors qu'une minorité parmi les étudiants. Une grande partie des étudiants de l'université de Hanoï étaient des enfants d'ouvriers, d'artisans ou d'agriculteurs. Certains étudiants venaient des grandes villes, d'autres de la campagne, d'autres étaient issus des minorités ethniques des hauts plateaux.

Il y avait aussi des enfants d'anciens résistants du *Viet Minh*[2] de diverses régions du Sud, qui conformément à la Convention de Genève du 21 juillet 1954, avaient dû rentrer dans le Nord. Avant de venir étudier ici, ils avaient généralement été scolarisés dans des écoles spéciales. En partie en fonction de leurs résultats, en partie en fonction du rang de leurs parents au sein du *Parti des Travailleurs Viêt-Nam*[3], alors au pouvoir, ou du gouvernement, ils avaient été sélectionnés par un comité dit *de la*

---

[2] *Le Viet Minh (Ligue pour l'indépendance du Vietnam), a été fondé en 1941 à partir de groupes nationalistes et communistes sous la direction de Ho Chi Minh. Lorsque l'indépendance du Vietnam a été déclarée par Ho Chi Minh en août 1945, le Viet Minh a mis en place le premier gouvernement de la République démocratique du Vietnam (RDV).*

[3] *Depuis 1951, le PdWV était le successeur du Parti communiste d'Indochine fondé en 1930 par Ho Chi Minh.*

réunification s'occupant des résistants et de leurs proches qui avaient quitté le Sud, pour faire des études soit en URSS, soit en Chine ou dans divers pays du bloc de l'Est, soit dans des universités nationales.

De plus, parmi les étudiants, se trouvaient un petit groupe de sous-officiers de l'armée et quelques employés du ministère de l'intérieur envoyés pour formation et qui, plus tard, dans leurs activités professionnelles, devaient avoir à faire à la chimie. À quelques exceptions près, la plupart d'entre eux étaient sympathiques. Mais ils auraient préféré s'occuper de n'importe quoi d'autre plutôt que de réactions chimiques ou d'équations différentielles. Je ne sais pas s'ils ont vraiment combattu dans le Sud plus tard, après leurs études. J'ai seulement appris que certains d'entre eux avaient été promus au rang de général.

Mais ce que mes années d'études ont peut-être eu de particulier, c'est que beaucoup de nos camarades revenaient de Chine Populaire. Parmi eux, se trouvaient également des enfants d'anciens résistants du Sud. Ils y étaient allés pour étudier. Mais à l'été 1966, la *grande révolution culturelle prolétarienne* en Chine Populaire atteignait un nouveau point culminant et les universités avaient complètement cessé leurs activités. Officiellement le gouvernement vietnamien avait rapatrié ses étudiants parce qu'il

---

En 1976, le PdWV a été rebaptisé Parti Communiste du Viêt-Nam (PCV) après la réunification du pays. Depuis, le PCV est le seul parti au Vietnam selon la constitution.

ne voulait pas alourdir le fardeau des camarades chinois déjà si occupés par leurs tâches révolutionnaires et culturelles. Mais à mots couverts on se disait qu'ils avaient probablement une autre idée de la révolution culturelle que le président Mao, et voulaient éviter que les jeunes étudiants vietnamiens s'inspirent un jour des brutales méthodes des Gardes rouges.

Sachant que les dirigeants de Hanoï imitaient presque toujours leurs homologues chinois, cette décision était vraiment surprenante.

La première année, nous avons été hébergés comme tous les nouveaux chez les agriculteurs d'un village voisin. Et c'est ainsi qu'a commencé la vie étudiante, qui consistait non seulement en des cours obligatoires, mais aussi en d'innombrables tâches physiques à accomplir. De nos jours, il est difficile d'imaginer le travail que nous, étudiantes, étudiants et personnel enseignant, avons accompli pour que les cours puissent avoir lieu presque normalement.

Nous avons, de nos propres mains, construit des salles de conférence, des laboratoires, la bibliothèque, la cuisine commune, puis des baraquements pour y vivre. Tous les bâtiments que nous avons construits étaient faits de bambou et de bois, coupés directement dans la forêt voisine. Mais parfois, nous devions marcher beaucoup plus loin, à travers montagnes et forêts, pour trouver les bons matériaux.

Des livres et des manuels scolaires reproduits par miméo, une presse à imprimer manuelle, ainsi que des outils, des équipements et des produits chimiques furent progressivement acheminés depuis Hanoï par tous les moyens de transport disponibles.

Afin d'avoir l'eau courante dans le labo de chimie nous avons utilisé deux réservoirs auxiliaires largués par des avions de chasse américains comme citerne et y avons pompé l'eau d'un puits avec une pompe manuelle. Et de là-haut, l'eau coulait conformément aux lois de la thermodynamique, vers nos labos dans lesquels nous nous efforcions sérieusement d'apprendre les bases de la chimie.

Etions-nous avides de connaissances, ce qui est généralement considéré comme une garantie de réussite des études°? Je ne saurais l'affirmer. Mais prétendre que nous avions toujours faim, surtout les deux premières années, ne serait en rien exagéré. Au fil du temps, j'ai peu à peu oublié beaucoup de choses, pas mais la faim sauvage, qui sans pitié aucune tourmente et humilie.

Nous étions en pleine croissance, notre corps avait besoin de viande, de lait. Avec les cartes alimentaires, nous ne recevions chaque mois par personne que des portions misérables de riz, de viande, de sucre, de sauce de poisson et de cigarettes. En cours de route, ces portions déjà pitoyables étaient pillées plusieurs fois, un morceau par-ci, une miette par-là, par des employés corrompus d'un énorme appareil administratif.

Chacun d'entre nous recevait une bourse minuscule, que nous ne pouvions pas utiliser dans la forêt, à part au marché du village voisin. Pour satisfaire notre faim d'une manière ou d'une autre nous avons mangé tout et n'importe quoi, du manioc, des patates douces, du poulet, de la viande fraîche ou pourrie...

Ma mère a probablement raison de dire que la véritable cause de mes maux d'estomac est cette pantophagie aveugle – ou bouffe incontrôlée - du passé.

Le manioc, cultivé sur les hauts plateaux et les montagnes pour ses racines riches en amidon, permettait de produire beaucoup d'aliments. Mais nous manquions de protéines. Une fois l'estomac rempli de toutes sortes de manioc cuit, tout mouvement était très douloureux, que l'on essaie de s'asseoir, de se coucher ou de se lever. Et de toute façon, quelques heures plus tard, surtout la nuit, la faim revenait de plus belle, et il n'y avait plus rien à y faire. C'était de la pure torture°!

La situation s'est un peu améliorée après que nous nous sommes chargés d'une partie de notre nourriture, que nous avons mis en place une cuisine commune, cultivé nos propres légumes, élevé des poulets, des oies et même quelques bovins pendant quelque temps. Donc, nous pratiquions l'autosuffisance°!

Plus tard, alors que j'étais déjà en Allemagne, j'ai vu le film *Papillon* de *Franklin J. Schaffner* avec *Steve McQueen* et *Dustin Hoffman* dans les rôles principaux. Dans les dernières scènes, qui montraient des prisonniers sur une île élevant des cochons et cultivant des légumes, je n'arrivais pas à me débarrasser de l'amère pensée que cela avait été inspiré par ma vie d'étudiant puis d'enseignant à l'université.

J'ignore si quelqu'un m'avait alors parlé du mouvement dit d'autosuffisance du Viêt-Nam de cette époque. Il s'agissait d'un mouvement paraît-il initié personnellement par le président *Ho Chi Minh* dans les toutes premières années de la République, et qui avait eu une influence grandissante sur nos vies, surtout pendant les guerres, mais aussi jusqu'au début des années 1990. Il suffit de se souvenir des années où l'on élevait des poissons ou même des cochons, y compris dans les gratte-ciel de Hanoï et de Saïgon, jusque dans les appartements des professeurs°!

Je doute que quiconque ait été conscient de l'humiliation et de la perte de temps, des efforts, tant physiques que mentaux, que tout cela représentait.

Une anecdote de cette époque m'a longtemps profondément remué. Pendant les premiers mois à la fac, je partageais une baraque avec *Hoi*, un étudiant venu du sud. Il était calme et discret. Même si nous n'étions pas encore amis, la vie dans une baraque nous avait lentement rapprochés. *Hoi* lui-même n'en avait jamais parlé, mais j'avais appris par *Quan*, étudiant originaire comme lui de Quang Tri, qu'il était orphelin, ses parents ayant été déclarés pour morts peu avant.

Un jour, Hoi a dû séjourner plusieurs jours à l'infirmerie universitaire non loin de chez nous. Ce n'était pas rare, car *Hoi*, le pauvre, était souvent malade. Ce qui était inhabituel, cependant, c'est que cette fois-ci, un jour avant qu'il ne quitte l'infirmerie, *Hoi* nous a dit à Quan et à moi de venir passer le voir. Quand nous sommes arrivés, *Hoi* avait dissous toute sa portion mensuelle de 125 grammes de sucre dans de l'eau bouillie et refroidie et nous l'avons bue celle-ci comme la plus délicieuse des boissons.

Le lendemain, on nous a dit que *Hoi* s'était pendu dans la nuit. La petite fête de la boisson sucrée de la veille avait été son adieu silencieux. On lui avait diagnostiqué une tuberculose incurable, un diagnostic alors fatal, que plus tard, des médecins de Hanoï démentirent.

Partout et de tout temps, la vie des étudiants a été difficile. Mais ce que nous avons vécu alors sortait de l'ordinaire, sans exagération aucune. Cela ne veut pas dire qu'on ne s'amusait pas. Outre les études et autres activités plus ou moins obligatoires, nous faisions du sport, jouions au volley-ball et basket. Pour cela, nous n'avions pas besoin de beaucoup de place. Jouer au football était plus difficile, parce qu'il y avait des collines et des montagnes tout autour, nous jouions quand même, même si les deux gardiens ne pouvaient pas se voir.

Nous avions même fondé un petit *groupe culturel*, qui, pendant notre vie dans la jungle, à part la publication de journaux muraux pas inintéressants, a réussi à monter quelques pièces de théâtre sur les actes héroïques de la population du Sud Viêt Nam dans la lutte contre les GI américains, mais aussi sur la ridicule polygamie qui était encore courante dans certaines zones rurales du Nord Viêt Nam. Beaucoup de mes camarades de classe, tout comme moi, se souviennent certainement en souriant de la façon dont j'avais joué, dans une telle pièce, la jeune épouse d'un fermier qui était poursuivie sur la scène par la femme plus âgée. Le groupe était dirigé par *Linh*, une jeune femme jolie et délicate qui s'intéressait plus à l'art qu'aux ennuyeuses formules chimiques.

Avec elle, j'ai eu une expérience qui en dit un peu plus sur notre vie à l'époque. Je ne me souviens pas de la date exacte, je me souviens seulement que *Linh* était tombée gravement malade. Et, comme il n'y avait plus de possibilité de l'aider dans la modeste infirmerie de l'université, on m'a confié la tâche, en tant que chef de groupe, de l'accompagner chez ses parents à Hanoï.

La distance entre notre campus et la gare de Quan-Trieu, près de la ville de Thai Nguyen, n'était que d'environ trente kilomètres, mais selon les normes de l'époque, c'était déjà très loin. Lorsque je suis arrivé avec beaucoup de peine à la gare avec *Linh* sur le porte-bagage d'un vélo emprunté, il était déjà tard dans la soirée.

Il faisait sombre, un froid glacial et il était clair que nous allions devoir attendre toute la nuit le train pour Hanoï. Sur le terrain de la soi-disant gare, il n'y avait rien d'autre qu'une hutte en bambou probablement abandonnée depuis longtemps. Nous avons décidé de prendre place dans un coin de la hutte, afin que *Linh* puisse se protéger du vent froid. Tout ce que nous avions, c'était un imperméable en plastique, que j'avais enroulé autour de *Linh,* en espérant qu'elle ait plus chaud. Mais elle a tout de suite remarqué que j'avais aussi froid. Elle a ouvert l'imperméable et a dit tranquillement°: *« Assieds-toi à côté de moi. »*

Je me suis assis à côté d'elle et je l'ai serrée dans mes bras, essayant de nous réchauffer mutuellement.

C'est si facile à raconter maintenant°! Aujourd'hui, même au Viêt-Nam, personne ne peut comprendre quel tabou social ancestral nous avions tous les deux brisé. En effet, en public, les hommes et les femmes, même les couples mariés, n'étaient pas autorisés à se toucher, et encore moins à s'embrasser. Une telle violation de cette règle d'étiquette confucéenne pouvait, si l'on était pris sur le fait, avoir des conséquences très désagréables même dans une société socialiste, comme la nôtre à l'époque, qui se déclarait progressiste.

Mais le froid était tout simplement plus fort que toutes les réserves morales ou socialistes°! Cela ne nous a pas beaucoup aidés. Même si elle portait une veste en coton, *Linh* ne pouvait pas s'empêcher de trembler de tout son corps. J'ai alors sorti une boîte d'allumettes de ma poche et essayé de faire du feu avec le papier de mon petit carnet. C'était une bonne idée, mais la chaleur était de courte durée. Et, pour alimenter le minuscule foyer, j'avais après courte réflexion, arraché des bandes de bambou, morceau par morceau, de la fine paroi de la hutte et je les avais mises lentement, petit à petit, dans le feu. De toute évidence, *Linh* se réchauffait, son corps cessa de trembler. Elle posa sa tête en toute confiance sur mon épaule et s'endormit. J'ai essayé de ne pas bouger, pensant pendant tout ce temps à *La petite fille aux allumettes* de *Hans Christian Andersen*.

Le lendemain matin, en même temps que le nouveau jour, apparu enfin un train. Dans la lumière de l'aube, j'ai pu voir ce que j'avais fait°: les murs de la hutte en lamelles de bambou étaient presque entièrement détruits. Elle se tenait là comme le squelette nu d'un randonneur à qui l'on avait volé jusqu'à sa chemise. Le feu s'était éteint, mais les cendres étaient encore chaudes.

Le monde était déjà divisé, en une partie Est et une partie Ouest, lorsque ma génération est née. Quand nous avons eu l'âge d'aller à l'école, notre pays a été partagé lui aussi, entre le Nord et le Sud. Nous avons grandi avec ces divisions, deux idéologies, deux façons de penser. Puis vint la guerre, qui devait nécessairement être interprétée comme une lutte de classes, d'idéologies et surtout pas autrement. Cela a dominé notre vie à partir de cette époque, tant sur le plan matériel que spirituel, y compris en cours de chimie.

Nos enseignants revenaient pour la plupart d'Union soviétique. Ils été convaincus, et à travers eux nous aussi, et ce pendant longtemps - trop longtemps - que les meilleurs chimistes du monde étaient pour la plupart soviétiques - *Semionov*, *Nekrasov*,

Balandine, *Reutov*... - ou certains d'une époque antérieure, c'est-à-dire russes - *Lomonossov*, *Mendeleïev*, *Markovnikov*. Nous avons donc exclusivement appris à connaître leurs œuvres. La famille *Curie* était considérée comme *progressiste*, ce qui nous permis de découvrir leurs mérites scientifiques. Nous ne savions rien de *Linus Pauling*, qui a reçu le prix Nobel de chimie en 1954 et le prix Nobel de la paix en 1962.

À l'époque, ce n'était qu'un soupçon. De nos jours, on pourrait se demander d'où venait cette présomption incroyablement ridicule et insolente de décider qui, dans ce monde, est *progressiste* et qui ne l'est pas. Les rares manuels scolaires et livres de référence que nous avions à notre disposition étaient en russe, ou traduits du russe, les produits chimiques, les équipements, petits et grands, venaient de Moscou, Léningrad, Kouïbychev, Novossibirsk...

Cela ne veut pas dire pour autant que, dans notre pays, à l'époque, le slogan *«°apprendre de l'Union soviétique, c'est apprendre à gagner°»* était d'actualité comme c'était le cas en RDA. Dans le PdWV au pouvoir, les partisans de la Chine avaient pris le pas contre leurs homologues pro-soviétiques dans une lutte interne féroce qui dura des années.

Dans les années 1960 et 1970, après la crise de Cuba et la guerre frontalière entre l'Union soviétique et la Chine, l'Union soviétique, avec tous ses alliés d'Europe de l'Est et la Mongolie, à l'exception de l'Albanie, a soudain été considérée comme *révisionniste*. On leur reprochait de réviser progressivement, voire de trahir, les thèses révolutionnaires de *Marx* et de *Lénine*. Seuls la Chine, Cuba, l'Albanie, la Corée du Nord et bien sûr le Viêt-Nam du Nord étaient restés marxistes-léninistes. Comme cela a été révélé plus tard, plusieurs politiciens et intellectuels pro-soviétiques avaient été, sinon arrêtés, du moins démis de leur fonction ou isolés à Hanoï.

À l'université de Hanoï, cette lutte s'est accompagnée d'une campagne au sein du PdWV contre les soi-disant *droitiers* ou défaitistes. L'une des victimes de cette campagne a été le premier doyen de notre département de chimie, le *professeur Nguyen Hoan*. Avec sa femme, le *Dr Vo Thi Tri Tuc*, contrairement à la plupart des enseignants , ils revenaient de Paris. Dans leurs cours, ils avaient naïvement tenté de nous faire connaître les travaux des chimistes occidentaux. Le professeur a été licencié et n'a pratiquement plus jamais été vu en public.

Nous n'avions pas de récepteurs radio à l'époque, encore moins de téléviseurs. Il n'y avait pratiquement pas de journaux, seulement *Nhan dan* (Le peuple), journal du PdWV, avec une semaine de retard sur le site d'évacuation. Par conséquent, avec ce filtrage presque parfait des informations, la division du monde était également quasi absolue.

Comment aurions-nous pu savoir quoi que ce soit sur les *Rolling Stones* ou *Bob Dylan*°? Comment connaître l'existence des

Beatles, malgré la déclaration de *John Lennon «°Nous sommes plus populaires que Jésus°»°?* Nous appartenions à une génération qui n'a pu écouter *Give peace a chance* ou *Imagine* que beaucoup, beaucoup plus tard, et nous avons ensuite été étonnés que ces artistes de l'Ouest, officiellement déclarés décadents, puissent faire une musique aussi merveilleuse. Nous chantions des chants guerriers. Les chansons soviétiques comme *Podmoskovskie Èchera* (*Les Nuits de Moscou)* ou *J'aime, la vie°!* étaient considérées comme de la *musique bleue*, mélancolique, dépressive, et n'était donc qu'à peine tolérée.

Nous ne savions rien non plus de la Coupe du monde de football, du but spectaculaire de Wembley à Londres, ou des victoires du légendaire *Muhammad Ali*. Nous ignorions que, dans l'histoire de la conquête spatiale, à côté de Spoutnik, de la chienne *Laïka*, du cosmonaute *Gagarine* et du vaisseau spatial Vostock, il y avait aussi l'astronaute *Neil Armstrong* et Apollo 11.

C'était une époque où il n'y avait aucune comparaison possible, pratiquement aucune chance de pouvoir ou de devoir penser différemment. Nous ne disposions d'aucune autre source qui nous aurait fait douter de ce en quoi nous devions croire, de ce en quoi nous croyions plus ou moins en nous-mêmes, ou de ce que nous voulions croire.

Lien Xo (l'Union soviétique en vietnamien) était, malgré son révisionnisme, la forteresse du socialisme, de la paix, le modèle pour tous les peuples, le paradis sur terre par excellence. C'était le pays qui, avec la Chine Populaire, avait coloré la carte du monde en rouge, qui avait construit le premier brise-glace atomique, qui avait envoyé le premier homme dans l'espace, le pays où tout était plus riche, meilleur, plus beau. Comme le disait un poète de l'époque, les montres soviétiques étaient meilleures que celles produites en Suisse, et la lune était plus ronde en Chine qu'en Amérique.

L'Occident, y compris l'Amérique, la France, l'Allemagne de l'Ouest, l'Angleterre, l'Italie, l'Espagne ou la Hollande, etc., était assimilé au monde du capitalisme ainsi qu'à l'impérialisme, où tout était gris, malade, mauvais, brisé, décadent, criminel. Des noms tels que *Eisenhower*, *Kennedy*, *Johnson*, *Nixon*, *Kissinger* ou *McNamara* n'incarnaient pour nous que la guerre, la mort et l'esclavage, et contrastaient fortement avec *Brejnev*, *Fidel Castro*, *Mao* ou *Kim*... qui signifiaient la paix, le bonheur et la prospérité.

Nikita Khrouchtchev et plus tard, *Mikhaïl Gorbatchev*, ont au début été salués par les dirigeants communistes de Hanoï comme porteurs d'espoir, mais ensuite considérés comme les pires révisionnistes ou des traîtres au mouvement communiste.

Ce comportement me rappelle celui de certains écoliers peu sûrs d'eux qui ne sont pas capables de penser et d'agir de manière libre et indépendante.

Selon la théorie en vogue, la révolution mondiale comprenait trois courants principaux°: le socialisme, les mouvements de libération nationale et le mouvement ouvrier de l'Ouest capitaliste°! Et comme nous devions en être fiers°: nous étions dans deux des grands courants de la révolution mondiale en même temps°! Cela ne calmait pas la faim, ne réchauffait pas ou ne nous enrichissait pas, mais pendant un temps, cela semblait un peu magique, et agissait comme une drogue, nous engourdissait, nous embrumait l'esprit, nous rendait plus fort.

On ne savait rien de mouvements de l'Ouest comme celui des hippies avec son fameux festival de Woodstock, ou celui des étudiants, des militants des droits civiques et des femmes dans les années 1960. Nous ne connaissions ni *Herbert Marcuse*, ni *Tom Hayden*, *Daniel Cohn-Bendit*, *Rudi Dutschke* ou *Uschi Obermaier*, ou n'étions pas autorisés à les connaître. Nous savions à peine que des étudiants, en France, en Allemagne et en Amérique étaient descendus dans la rue contre la guerre au Viêt-Nam et avaient scandé «°*Ho, Ho, Ho Chi Minh*°». Bien que la question en elle-même n'ait pas eu de sens, on peut se demander maintenant ce qu'ils savaient de notre vie au Viêt-Nam.

Quand j'ai vu plus tard des photos de hippies vivant dans des grottes ou des abris construits par eux-mêmes, j'ai souris longuement. Certaines similitudes étaient bien là. La différence était probablement juste qu'eux voulaient vivre comme ça, alors que nous étions obligés de le faire. Et nous n'étions pas autorisés à pratiquer *l'amour libre*, comme ils le faisaient, mais obligés d’étudier intensivement, en plus de la chimie, la philosophie marxiste-léniniste, la doctrine de l'économie politique socialiste et celle du socialisme scientifique victorieux. Pendant trois ou quatre ans°!

Nous n'avions aucune chance de comprendre l'inexplicable, à savoir pourquoi deux pays comme la Chine et l'Union soviétique, qui se présentaient haut et fort comme les forteresses du socialisme et de la paix, s’étaient violemment combattues, non seulement idéologiquement, mais aussi militairement.

Nous étions tout aussi peu informés des événements de Prague en 1968. Même si nous étions sceptiques, inquiets, voire méfiants, nous devions nous contenter de la déclaration officielle selon laquelle les troupes du pacte de Varsovie n'avaient envahi Prague que pour défendre la paix et le socialisme. Qui d'entre nous, dans la forêt, ou dans tout le Nord Viêt-Nam, avait eu l'occasion de voir comment les chars soviétiques avaient été *pacifiques* sur la place Venceslas, pour comprendre enfin que le *socialisme réel existant*, sous les formes connues jusqu'à aujourd'hui, contrairement aux affirmations officielles, n'avait rien à voir avec la paix°!

Oui, dans ces conditions, nous avons essayé d'acquérir les bases de notre future profession de chimiste. Certains d'entre nous sont devenus plus tard scientifique, professeur, maître de conférences, ont même occupé ici et là des postes de direction importants ainsi que des chaires universitaires. Le fait que nous ayons réussi quelque chose comme cela a peut-être été considéré comme un acte héroïque, car les gens essayaient de se convaincre eux-mêmes.

L'idée que, malgré l'évacuation et ses conséquences, nous pourrions produire des prix Nobel potentiels était bien sûr une illusion. L'US Air Force n'a pas réussi à bombarder le Nord Viêt-Nam jusqu'à l'âge de pierre, comme l'avaient espéré ses généraux. Mais elle a bouleversé nos programmes d'études, a littéralement fait éclater les horaires et a laissé d'énormes trous dans notre savoir-faire, comme partout ailleurs dans le pays. Et pas seulement en matière d'expertise technique, mais aussi dans toutes nos connaissances générales°!

Des décennies devront certainement s'écouler avant que le pays ne puisse panser toutes ses blessures de guerre. Tôt ou tard, les trous de bombe dans le pays et, probablement aussi dans l'âme humaine, peuvent progressivement disparaître. Cependant, les lacunes dans les connaissances, tant professionnelles que générales, menacent de s'accentuer de génération en génération. Ce qui se pratique, se planifie ou se discute actuellement au Viêt-Nam en matière d'éducation et de science, fait craindre que ces trous dans tous les domaines de la connaissance continuent à s'approfondir.

Dans la station thermale de Todtmoos, nous devions, en tant que patients, effectuer régulièrement des séances d'ergométrie à vélo. Tout en pédalant selon les instructions des infirmières de la station thermale, j'avais étrangement toujours en tête une image montrant l'évolution de l'être humain, passant d'un singe marchant à quatre pattes à un être humain marchant debout avant de s'asseoir à nouveau devant un ordinateur.

Mon *évolution* s'est déroulée un peu différemment. J'ai d'abord marché, puis j'ai fait du vélo pendant très, très longtemps. Après tout, il a été dit que nous, les Vietnamiens, avions vaincu deux grandes puissances à bicyclette°! Puis, je suis passé aux cyclomoteurs et aux voitures, avant de m'asseoir à nouveau sur mon vélo, ici, dans la station thermale de Todtmoos, et de pédaler assidûment.

Et c'était ici, à Todtmoos, une petite ville qui me rappelait toujours le lointain endroit du Nord Viêt-Nam où mon réveil semblait avoir commencé il y a quarante-six ans°! Était-ce la fin d'un cycle d'évolution personnelle°? En pesant à cela, je dînais au restaurant vietnamien *SAPA*, situé dans le centre de Todtmoos et dont l'existence m'avait agréablement surpris lorsque j'étais arrivé à ce *presque* bout du monde. Le propriétaire du restaurant était venu du Nord-Viet-Nam en RDA il y a de nombreuses années en tant qu'ouvrier, mais après la chute du mur de Berlin, il s'était retrouvé ici.

C’était plutôt malin de sa part d'appeler son restaurant *SAPA*, du nom d'un lieu situé dans les montagnes du Nord-Viêt-Nam, qui est devenu depuis longtemps une destination attrayante pour les touristes du monde entier. Il ne pouvait pourtant pas comprendre pourquoi, revenant manger dans son restaurant, toujours seul, je souriais béatement pendant tout le repas.

Comment aurait-il pu deviner qu'il y a quarante-six ans, dans ces mêmes montagnes, à deux heures de marche de notre site d'évacuation, il y avait un petit resto installé provisoirement sur un petit marché de village misérable, dans une paillote encore plus pitoyable, par la famille d'un jeune invalide de guerre et qui était ouvert le dimanche soir. Nous autres, étudiants affamés, venions de temps en temps ici pour déguster, même avec plaisir, la terrible soupe de nouilles.

L'université au bord de la Rivière Noire

En lisant sur Internet des magazines qui sont actuellement strictement surveillés et contrôlés au Viêt-Nam, je suis tombé par hasard sur la nouvelle suivante°: Fin 2012, une réunion spéciale s'est tenue au ministère des sciences et des technologies au cours de laquelle un certain professeur *Nong Van Hai*, directeur de l'Institut de biotechnologie, a présenté son idée pour un nouveau projet de recherche en génétique.

L'estimé professeur a demandé une somme d'argent non négligeable avec l'aide de laquelle il comptait analyser, sélectionner et ensuite modifier les meilleurs gènes vietnamiens afin d'améliorer la race vietnamienne et de produire ainsi de plus en plus de scientifiques, de sportifs, d'artistes, etc. Ce projet était considéré comme très important, en particulier pour éviter que le Viêt-Nam, à l'avenir, se couvre à nouveau de honte comme lors des Jeux olympiques d'été de 2012, à Londres, où les athlètes viet namiens n'ont pas remporté la moindre médaille.

Sur le site de l'Académie des sciences et des technologies du Viêt-Nam, on apprend que le professeur *Nong Van Hai* a obtenu son doctorat en biologie à l'université Humboldt de Berlin dans les années 1986-1989.

Comme la science vietnamienne semble souffrir depuis des années d'un triste complexe d'infériorité incurable, une telle nouvelle n'est en rien originale et n'est qu'un symptôme parmi d'autres. Ce n'est que récemment, par exemple, qu'un scientifique de Saïgon a affirmé avoir réussi à faire fonctionner un moteur en utilisant uniquement de l'eau. Il n'est donc pas surprenant que l'ancien ministre de l'Éducation nationale ait formulé l'objectif utopique de former vingt mille doctorants au Viêt-Nam le plus tôt possible, afin que les universités vietnamiennes puissent bientôt atteindre les normes internationales. Il semble que le ministre soit vraiment convaincu qu'il suffit d'attribuer des titres académiques à un nombre suffisant de personnes pour que le Viêt-Nam se retrouve sur un pied d'égalité avec des pays comme le Japon ou l'Allemagne.

Ce rêve du ministre et le projet du professeur d'améliorer la race vietnamienne peuvent sembler absurdes ou ridicules. Pour mon compte, ils m'ont rappelé un programme du ministère de l'enseignement supérieur, auquel j'avais été forcé de participer pendant cinq ans au début des années soixante-dix, avec d'autres diplômés de l'université de Hanoï.

J'ai déjà mentionné qu'alors, on ne pouvait pas étudier en postulant, mais seulement par le biais d'une sélection obscure et fortement influencée par l'idéologie du parti. Et que je dois beaucoup à mon père pour avoir été admis comme étudiant. Des années plus tard, des examens d'entrée ont été introduits par le légendaire professeur *Ta Quang Buu*, alors ministre de l'enseignement supérieur.

De toute évidence, il avait convaincu la direction du parti qu'il était *préférable pour la cause révolutionnaire*, selon la langue officielle de l'époque, de sélectionner les étudiants non seulement sur la base de la lutte des classes mais aussi de prendre en compte leurs compétences et leurs résultats. Malgré son autorité, il n'était pas habilité à décider de l'avenir professionnel des diplômés des universités et écoles supérieures.

Comme tout, littéralement tout, dans le Nord-Viêt-Nam était géré par l'État, les étudiants ayant terminé leurs études avec succès n'étaient pas autorisés à chercher eux-mêmes un emploi ou même de postuler un poste vacant. Où, comment, quand et dans quelle fonction les diplômés travailleraient, tout cela était décidé par le ministère de l'enseignement supérieur, en collaboration avec un système complexe et ramifié de départements de cadres tout-puissants. En pratique, il n'y avait guère de possibilité de s'opposer à leur décision.

À la fin de 1970, une décision a finalement été prise pour moi°: je devais travailler comme enseignant dans une université nouvellement fondée près de Hoa Binh.

En raison du manque notoire de chercheurs postdoctoraux, il est encore courant aujourd'hui au Viêt-Nam que des diplômés universitaires soient sélectionnés pour être employés comme enseignants directement après leurs études.

Ce n'est que plus tard que j'ai appris de diverses sources que mon *dossier* indiquait que j'étais un élément indiscipliné et à tendance libérale et qu’on ne recommandait pas pour travailler dans les institutions de la capitale. A qui devais-je cette recommandation, sinon aux membres de la cellule du parti, et surtout à son secrétaire, de mon cursus°!

Les gens se racontaient la blague suivante°: *un jour, un secrétaire du parti voulu entrer dans le royaume céleste de Bouddha. Mais comme il n'avait pas sa carte d'identité sur lui, le gardien ne le laissa pas passer. «°Tu ne sais pas qui je suis°? Je suis secrétaire du parti à l'université°», s'énerva le secrétaire.*

Le garde répondit : «°Comment puis-je savoir qui vous êtes si vous ne pouvez pas vous identifier°?°»

Le secrétaire était furieux, mais cela ne lui servit à rien. Sur ce, arriva un groupe d’hommes âgés. Le garde les salua respectueusement et les laissa passer sans leur demander de pièce d'identité. Notre secrétaire du parti était en rage et hurla°: «°Qui étaient ces types°? Pourquoi les as-tu laisser passer°?°»

Le garde le regarda, réfléchit un instant et annonça°: «°Très bien, vous pouvez entrer. Si vous ne connaissez ni Mendeleïev, ni Einstein, Beethoven, Pouchkine ou Tolstoï, alors vous ne pouvez vraiment être que le secrétaire du parti à l'université.°»

Ceux qui répandaient de telles blagues n'étaient bien sûr pas autorisés à travailler dans les instituts de recherche. Le PdWV au pouvoir était très vigilant contre les *éléments indisciplinés et libéraux* non-membres du parti, ainsi que contre les membres de la bourgeoisie ou les propriétaires terriens. Selon quelle logique les fonctionnaires du parti envoyaient pratiquement tous ces *éléments idéologiquement peu fiables* étudier la pédagogie pour les faire travailler ensuite comme enseignant reste un mystère complet.

Presque tous mes camarades de classe au lycée venaient de familles de la très jeune bourgeoisie de Hanoï, qui n'avait émergé qu'à l'époque de la domination française. Je n'avais pas encore réalisé que les modestes maisons, magasins ou entreprises de leurs parents dans la vieille ville de Hanoï avaient été confisqués et qu'après avoir obtenu leur diplôme de fin d'études secondaires, ils n'avaient eu que la possibilité d'étudier au Collège pédagogique de Hanoï ou dans des collèges pédagogiques dits *10+3*. Après leurs études, ils furent employés comme enseignants, partout, sauf à Hanoï. Pour enseigner aux enfants de la classe dirigeante, c'est-à-dire des ouvriers et des agriculteurs°!

Le collège où j'ai été nommé en 1970, avec près de trente autres chimistes, physiciens, mathématiciens et biologistes fraîchement diplômés de l'université de Hanoï, était situé à l'ouest de la capitale, en bordure de *Song Da* (la Rivière Noire). Pour s'y rendre, il fallait prendre le bus public *Ha Noi-Hoa Binh* pour environ soixante-dix kilomètres. Peu avant la ville provinciale de *Hoa Binh*, il fallait descendre du bus, traverser la Rivière Noire en bac, puis suivre la rive à pied ou à vélo pendant environ dix kilomètres, avant d'arriver à destination. L'école, qui existait là depuis dix à quinze ans, me semblait étrange à plus d'un titre.

Les premiers écoliers étaient à l'origine issus de minorités ethniques vivant dans la province de Hoa-Binh qui, pendant la guerre de résistance contre les troupes françaises (1946-1954), s'étaient portées volontaires pour servir dans les unités logistiques du Viet Minh. Au lieu de retourner dans leurs villages après la guerre, pour y être à nouveau livrés à la pauvreté et au désespoir, ils restèrent ensemble, fondèrent d'abord une petite coopérative de production agricole, puis une école attenante, dans laquelle les jeunes pouvaient apprendre à lire et à écrire le soir après leur travail dans les plantations de manioc.

Apprendre et travailler en même temps telle était leur devise. Ce sont eux qui, les premiers, ont introduit la culture intensive du manioc utilisant des engrais organiques et ainsi atteint une productivité inhabituellement élevée. Ils distillaient de l'alcool de manioc, de qualité médiocre, mais qu'ils vendaient sans problème aux agriculteurs locaux.

D'abord ignorés du monde extérieur, ils mirent peu à peu de l'argent de côté, grâce auquel ils achetaient nourriture, équipements et vêtements. Ils purent même recruter de jeunes enseignants, certes idéologiquement peu fiables, car issus comme nous l'avons vu plus haut, de l'ancienne bourgeoisie de Hanoï.

C'est ainsi qu'est née l'école dite *des jeunes socialistes*. C'était une réalisation très respectable, même si le gouvernement de la province de Hoa Binh ne l'avait pas seulement ignorée pendant plus de dix ans, mais aussi fait tout son possible pour contrecarrer le projet. Mais l'école finit par devenir célèbre dans tout le pays et, comme souvent, avec la célébrité, tout ce qui pouvait mal tourner commença à mal tourner.

Au début des années soixante, *Oncle Ho* – jusqu'à aujourd'hui, on appelle ainsi au Viêt-Nam l'ancien président *Ho Chi Minh* – aurait visité l'école. Comme certains historiens disent de nos jours, il était presque totalement isolé au sein du parti communiste qu'il avait fondé en 1930 et n'exerçait plus qu'une fonction symbolique. Les gens, comme toujours, n'avaient aucune idée du triste sort de l'oncle. Ils disaient fièrement que l'*Oncle Ho* s'intéressait beaucoup à la vie des jeunes. Lors de sa visite, il avait expliqué qu'il s'agissait avant tout d'une école, que la production était secondaire et que les jeunes ne devaient pas négliger leurs études pour la culture du manioc et la production d'alcool.

La visite du président avait au moins rendu célèbre, du jour au lendemain, la modeste école située sur les rives de la Rivière Noire. Après l'*Oncle*, était venu *Le Duan*, alors premier secrétaire du Comité central du PdWV. On discutera probablement encore longtemps dans les écoles du parti du Viêt-Nam de l'acuité de ses analyses basées sur le marxisme-léninisme, qui l'ont fait conclure brillamment que cette école était un *atelier pour l'éducation du Nouvel homme socialiste*. Il suffisait d'envoyer les jeunes à l'école, de les laisser étudier et travailler en parallèle pendant sept à dix ans, ils deviendraient le *Nouveau peuple pour la Nouvelle société*°! Cela deviendrait le modèle de l'ensemble du système éducatif du Viêt-Nam, et ainsi une société socialiste composée uniquement d'*Hommes Nouveaux* verrait bientôt le jour.

Il suffisait d'y penser°!

De nombreux responsables du parti et du gouvernement de tous calibres vinrent pour témoigner de leur admiration du génie du premier secrétaire du parti. Des représentants de presque tous les organes administratifs du système éducatif, ainsi que des délégations d'enseignants et d'écoliers de tout le pays firent le pèlerinage pour voir et vivre sur place le modèle qui leur était imposé.

La presse et la radio ne cessaient pas de parler de l'école, un compositeur connu composa un hymne pour l'école afin de prouver sa loyauté envers le régime, quelques obscurs scribouillards tentèrent leur chance en rédigeant de courtes histoires pitoyables sur l'apprentissage et le travail dans cette école.

Mais l'ensemble n'a atteint son point culminant que lorsque, à la fin de 1970, la Commission pour la science et l'éducation du Comité central du PdWV a convaincu le ministère de l'enseignement supérieur de créer ici une université, qui devait être une extension de l'école existante et fonctionner également sous la devise *apprendre et travailler en même temps*. Selon la ferme conviction des théoriciens du parti sous la direction du poète *To Huu*, jadis célèbre, et en même temps chef du département du Comité Central, les connaissances de base en sciences naturelles, c'est-à-dire la chimie, la biologie, la physique et les mathématiques, devaient être enseignées à côté de la langue russe et de la philosophie marxiste-léniniste. De cette façon, on pouvait rapidement former un nouveau type d'être humain, à la fois intellectuel, ouvrier et paysan, et donc encore mieux adapté à la construction du socialisme, d'abord dans le Nord, puis dans tout le Viêt-Nam.

Je ne suis pas habilité à porter un jugement sur le poète et l'homme politique *To Huu* et ses idées dévastatrices pour le pays. Mais ce que *Timothy Garton Ash* écrira bien des années plus tard[4] *«°On peut être intellectuel et politicien toute sa vie, mais dès qu'on essaie d'être les deux à la fois, on n'est ni l'un ni l'autre°!°»* pourrait bien s'appliquer à lui. Le fait que les théoriciens du parti au sein de la commission susmentionnée partageaient la même conviction n'était pas non plus une plaisanterie. Sur la base de cette conviction, il avait été décidé que le secteur universitaire serait placé sous la supervision administrative de l'université de Hanoï, qui assumait également la responsabilité de l'enseignement. L'université de Hanoï délégua certains de ses

---

[4] *History of the Present: Essays, Sketches, and Dispatches from Europe in the 1990s*

meilleurs représentants, tels que le professeur *Nguyen Hoan* pour la chimie, le professeur *Nguyen Hoang Phuong* pour la physique, et de nombreux autres professeurs bien connus dans le pays à l'époque, à l'université de la Rivière Noire pour y donner des cours. Au début, nous, les enseignants fraîchement diplômés, étions seulement autorisés à assister ces professeurs et à les aider à mettre en place différents laboratoires, à commander des manuels et des journaux pour la bibliothèque.

Comme je parlais bien le russe, j'en ai profité pour commander, à l'insu de tous, de nombreux ouvrages non techniques, de la littérature russe et occidentale traduite en russe, pour la bibliothèque, qui, comme le révélera plus tard le fichier des utilisateurs, fut empruntée presque exclusivement par moi-même et deux ou trois autres collègues. À cette époque, après que l'Union soviétique sous *Brejnev* eut de plus en plus soutenu le Nord-Viêt-Nam dans la guerre contre les États-Unis, et jusqu'en 1989-1990, avant que *Gorbatchev* ne soit rétrogradé par le PCV[5] de sauveur du léninisme au rôle de traître, tout ce qui était en russe et provenait de l'Union soviétique était socialiste et donc bon.

Au moins, cela nous ouvrait une petite fenêtre à travers laquelle on pouvait regarder le monde sans grand risque. Le magazine *Spoutnik* n'a jamais été interdit au Viêt-Nam. Mais ce n'est pas parce que le parti communiste était partisan de la Glasnost et la Perestroïka, mais parce que les autorités de censure de Hanoï et

---

[5] *Parti communiste du Viêt-Nam*

de Saïgon, contrairement à leurs camarades de Berlin-Est, ne comprenaient manifestement pas ce que Spoutnik publiait à l'époque. Je suis prêt à le parier°! Si vous ne savez pas qui était *Léon Tolstoï* ou *Alexandre Pouchkine*, il y a de fortes chances qu'il en soit de même pour *Anatoli Rybakov*, *Andreï Sakharov* ou *Alexandre Soljenitsyne*.

Un directoire était chargé de l'administration de ce département universitaire nouvellement fondé. Si je me souviens bien, il avait été nommé par le département du Comité central et le ministère de l'enseignement supérieur, d'une part, et par la direction régionale, d'autre part. Comme il fallait s'y attendre, pas un seul professeur d'université ne siégeait dans ce directoire, mais seulement des responsables du parti qui n'avaient jamais vu un amphithéâtre universitaire de toute leur vie et aucune idée sur l'enseignement universitaire.

Pour ces messieurs du directoire, l'université n'était pas très différente d'une école maternelle ou d'une coopérative de production, où tout doit fonctionner selon les ordres venus d'en haut. Aux yeux de ces *théoriciens* du département du Comité central, dont la connaissance de l'enseignement supérieur reposait entièrement sur la lecture de *Mes universités* de *Maxim Gorki* et de *Les drapeaux sur les tours* d'*Anton Makarenko*, une université n'était rien d'autre qu'un atelier de production *d'Hommes Nouveaux*.

Beaucoup d'entre nous se moquaient de ces idées. Nous avions néanmoins, sans m'exclure, investi beaucoup d'énergie dans la création et la phase initiale de cette *université*. Nous n'avions guère d'autre choix professionnel, et lequel d'entre nous pouvait vraiment comprendre à l'époque à quel point ces idées étaient absurdes.

Récemment, par hasard, j'ai vu un film de cinéma américain à la télévision, qui m'a tout de suite rappelé mon expérience dans l'atelier pour l'*Homme Nouveau* du Comité central du PCV. Il s'agit du film *The Island*, produit en 2005, réalisé par Michael Bay, avec *Ewan McGregor* et *Scarlett Johansson* dans les rôles principaux. Le film traite du clonage d'êtres humains, lesquels, contre toute attente, prennent peu à peu conscience de leur état et commencent à aspirer à la liberté.

A l'université au bord de la Rivière Noire, un groupe d'étudiants supportait de plus en plus mal de devoir, le soir ou la nuit, parfois même pendant les cours, aller charger le manioc fraîchement récolté sur des chariots et le transporter à la distillerie voisine. De ce fait, ils ne pouvaient pas se reposer correctement et devaient souvent négliger leurs cours. De plus, les rations quotidiennes des étudiants, déjà assez limitées, avaient été arbitrairement réduites. Ces étudiants décidèrent de se plaindre par écrit au ministère de l'enseignement supérieur et au département compétent du Comité central, dans une lettre signée par tous les membres du groupe. Par la même occasion, ils demandèrent que les comptes de l'école soient audités d'urgence. Pauvres étudiants naïfs°! La réaction du département concerné et du ministère fut surprenante. Ils avaient renvoyé la plainte des étudiants à la direction de l'école en précisant°: *«°Résolvez vous-même vos problèmes°!°»*

Le chef du directoire, un petit homme, probablement le plus intelligent que la direction de la province de Hoa-Binh ait eu à offrir à l'époque, écumait de rage. Le fait que des étudiants se soient plaints au ministère de leur dur labeur et de leur faim constante était, à son avis, une rébellion idéologique contre laquelle il devait réagir avec toute la vigueur et la vigilance révolutionnaire nécessaire. Sans consulter qui que ce soit, il exclut immédiatement les plaignants des cours. Ce n'est qu'après qu'il convoqua la commission disciplinaire composée de l'ensemble du corps enseignant et exigea qu'elle prenne des mesures sévères contre *ces éléments indisciplinés et impudents*.

La plupart des enseignants n'appréciaient pas la situation, mais ils ne dirent rien contre l'exclusion des cours imposée par le directeur. Le directeur avait l'habitude de ne pas être contredit, ni personnellement, ni quand il agissait au nom du parti. Les autres étaient habitués à respecter la règle générale de la *démocratie centralisée vietnamienne* et donc à ne pas contredire leur supérieur.

J'ai quand même pris la parole. Les étudiants s'étaient plaints au ministère du mauvais travail de l'université, c'est-à-dire de notre travail. Pour cette raison, je fis valoir que nous n'avions absolument pas le droit de décider si cette plainte était justifiée ou non. La question devait être clarifiée par l'organe responsable du ministère, ni par le directoire, ni par nous, les enseignants. Si les plaintes des étudiants étaient diffamatoires, les étudiants devraient être tenus pour responsables, mais s'ils avaient raison, c'était à nous de prendre nos responsabilités. J'ai donc demandé que la suspension des cours soit levée à l'encontre des étudiants concernés jusqu'à ce que cette question soit résolue.

Mon intervention fit un tabac. On discuta bruyamment, âprement et longtemps avant de voter sur la décision à prendre. Comme il fallait s'y attendre, je perdis le vote, car je fus le seul à voter oui. L'argument du directeur, *nous préférons traiter la question en interne*, avait clairement gagné. Que penseraient le ministère et le département du Comité central de la direction et du personnel si nous exigions le contrôle du ministère pour une telle question. Après tout, ils nous avaient renvoyé la lettre de plainte. Mais l'exclusion des cours fut assouplie et aucune autre mesure ne fut prise contre les étudiants si *rebelles*.

C'est ainsi que la démocratie est comprise au Viêt-Nam, ou doit être comprise, encore aujourd'hui. Une décision, quelle qu'elle soit, est prise en premier lieu par un secrétaire ou un comité du parti. Les citoyens ordinaires peuvent alors voter au sujet de cette décision. Mais, seulement pour, jamais contre.

Le directeur et son directoire ont bien dû penser que leurs collègues de l'université de Hanoï, il y a des années, ne s'étaient pas trompés en me classant comme élément indiscipliné et libéral. Depuis lors, leur comportement, déjà inamical à mon égard, devint encore plus critique et hostile.

Les relations amicales étroites et confiantes que j'entretenais avec de nombreux étudiants m'étaient un grand réconfort après ma défaite lors du vote et la confrontation qui avait suivi avec le directeur. Cette amitié nous aida à résister à toutes les tracasseries et à la méchanceté avec lesquelles le directeur et ses aides ont essayé de nous intimider quotidiennement, jusqu'à ce que je quitte l'école en mai 1975.

La section universitaire de l'École des jeunes socialistes de la Rivière Noire a été fermée en 1978-79 dans la plus grande discrétion. Tous les étudiants ont été progressivement envoyés à l'école technique d'agriculture de Hanoï. Là-bas, ils devaient recevoir une formation d'ingénieurs agricoles classiques.

Quant au directeur, après qu'il eut mis sa belle-sœur enceinte, il fut expulsé de son poste peu avant mon départ pour violation des mœurs communistes, et n'a été autorisé à enseigner que le *marxisme-léninisme scientifique* (!) à l'université en cours de dissolution. Seuls les membres du parti avaient été autorisés à participer à la réunion de la commission disciplinaire pour cette affaire, mais pas nous, le personnel enseignant. Probablement savaient-ils mieux que quiconque comment punir le fautif de manière adéquate. Comme symbole de l'échec et de l'absurdité, le directeur était imbattable, et c'était probablement là son seul mérite.

On parla de moins en moins de l'école des jeunes socialistes sur la Rivière Noire. Mais, à qui croit que l'idée de produire à la chaîne des nouveaux socialistes a été oubliée, le projet du professeur *Nong Van Hai* visant à optimiser la race vietnamienne grâce à la modification génétique prouve le contraire.

Nouvel Homme au bord de la Rivière Noire

1972. Une bombe à retardement

C'était il y a bien des années, à Berlin, très exactement le 21 mars 2003°! La guerre contre l'Irak avait commencé la veille. Les premières nouvelles de la télévision l'avaient annoncé, tranquillement, froidement, dans l'indifférence complète et sans la moindre émotion...

La première chose qu'on entendit, c'était le discours du président Bush à la télévision. Il avait donné l'ordre à l'armée américaine de bombarder Bagdad et de *libérer* l'Irak. Le discours de Saddam Hussein suivit. Fatigué mais indemne après le premier bombardement, il appelait la population à résister.

Tout semblait irréel. Je me rendis au travail en voiture comme tous les jours auparavant. Mais toute la journée, je ne pouvais pas me concentrer sur mon travail. J'étais agité. Assis à mon bureau devant l'ordinateur comme d'habitude, je lisais, j'écrivais, mais ce que je lisais ou écrivais, je ne pouvais pas vraiment le suivre. Une étrange nervosité, un sentiment d'agitation. Très souvent, je me levais et faisais des allers-retours sans but entre les bureaux et les laboratoires de l'institut. Je ne comprenais pas bien d'où venaient cette nervosité, cette agitation.

Sans trop réfléchir, je suis rentré en ville vers dix-huit heures, prenant la route de l'Alexanderplatz, où de nombreuses personnes s'étaient spontanément rassemblées pour une manifestation contre la guerre.

Quand je suis arrivé, la grande place était déjà pleine de monde, mais il arrivait encore plus de gens de partout. Ici et là, il y avait de petites voitures avec des haut-parleurs montés à la va vite, d'où l'on pouvait entendre la voix de quelques orateurs. Des groupes de personnes se tenaient autour de ces voitures et écoutaient en silence. Il faisait très froid.

Je marchais lentement, juste comme ça, entre les gens, sans savoir où aller ni pourquoi. J'ai essayé d'écouter, mais je ne comprenais pas bien ce que disaient les haut-parleurs. Je n'ai parlé à personne, mais j'avais l'impression que les gens réunis ici se parlaient à peine, de sorte qu'il y avait un étrange silence sur la place. Les voix tendues, parfois douces, parfois fortes, qui sortaient des haut-parleurs, rendaient ce silence encore plus perceptible et me déprimaient beaucoup. Nous sommes si nombreux ici, à tourner en rond, mais nous ne sommes pas capables de nous parler ni nous regarder dans les yeux... Il y avait quelque chose dans l'air, quelque chose de singulier, d'invisible, de menaçant, d'incompréhensible. Et je me sentais seul, perdu et déprimé.

Bientôt, je ne pouvais plus supporter d'être là, et lorsque les gens ont commencé à se déplacer lentement vers Unter den Linden avec leurs affiches et leurs bougies, je suis rentré chez moi. Dans le salon, j'ai allumé la télévision. Partout, sur toutes les chaînes, CNN, BBC, ZDF, ARD, RTL… on ne voyait que cette image verte, froide et horrible du premier bombardement américain de

Bagdad. En regardant l'écran, j'ai finalement compris quel était mon problème°: *j'avais peur.*

J'avais eu cette même peur sauvage il y a plus de quarante ans.

En 1972, après les visites du président américain *Richard Nixon* à Pékin et à Moscou, les raids aériens américains, coïncidence ou non, étaient devenus de plus en plus violents et brutaux. Le Nord-Viêt-Nam connu une deuxième vague d'évacuation. Je travaillais comme enseignant dans l'université au bord de la Rivière Noire.

Il était environ 19 heures, le 18 décembre 1972.

Nous venions de dîner, quand le ciel au-dessus de nous s'est soudain rempli d'un vacarme comme nous ne l'avions jamais entendu auparavant. C'était indescriptible°! Le fait que des bombardiers américains nous survolent depuis leurs bases en Thaïlande en route pour Hanoï ou Haïphong, où ils allaient lâcher leurs bombes mortelles, n'avait rien d'inhabituel pour nous. Mais il s'agissait surtout d'actions ponctuelles. Nous connaissions à peu près l'heure de leur passage. Et, comme la plupart des gens du Nord-Viêt-Nam, nous étions capables de distinguer s'il s'agissait d'un F-111, F-105, F-4, F-8 américain ou d'un Mig-21 de notre armée de l'air.

Mais cette fois-ci°! Il semblait que ces bruits sourds, menaçants et profonds *U... U... U...* tombaient soudainement du ciel et faisaient tout trembler, l'atmosphère, la terre avec tous les arbres et les maisons. Bien sûr, nous avons eu peur, une peur profonde, oppressante, une peur sauvage. A l'horizon, vers Hanoï, on pouvait voir d'incessants éclairs, avant d'entendre des explosions sourdes, comme un très violent orage sans fin.

C'étaient des B-52 qui bombardaient Hanoï°!

Sans y penser, nous avons essayé d'allumer la radio. Je tremblais de tout mon corps, mon cœur ne pouvait pas se calmer, j'étais, comme tout le monde, presque complètement paralysé par la peur, et je ne pouvais que fixer ce petit récepteur radio sans voix.

Pendant neuf minutes le signal a été interrompu°! Ce sont les fameuses neuf minutes (mais aussi vite oubliées) durant lesquelles le bureau central de la station de radio *La voix du Viêt-Nam*, touché par des bombes, ne pouvait donc pas émettre. Je me souviens encore très bien de l'éternité que ces neuf minutes nous ont semblé être. Ce petit récepteur radio était soudain le seul lien qui nous reliait à tout ce qui existait dans le monde, à Hanoï, à nos parents, sœurs, frères, parents.

Quel soulagement, quelle joie, lorsque nous avons pu entendre à nouveau *Voici la radio Voix du Viêt-Nam*. C'était fou°! Cette voix que nous entendions tous les jours, à laquelle nous n'avions jamais prêté d'attention particulière, pris un sens énorme à ce moment-là. Si cette voix avait survécu, alors Hanoï avait aussi survécu°! Alors nos proches étaient encore vivants°! Instinctivement, inexplicablement, cette croyance était présente à cet instant.

Plus tard, j'ai appris que ce soir du 18 décembre 1972, la merveilleuse chanteuse et activiste du mouvement pacifiste *Joan Baez* se trouvait à Hanoï. Je comprends bien que cette expérience, comme elle l'a raconté plus tard, l'ait profondément traumatisée. Fin décembre 1972, nous n'avons pas su que, outre *Joan Baez*, d'autres Américains célèbres, à savoir l'ancien procureur en chef du Tribunal militaire international de Nuremberg contre les criminels de guerre nazis, l'ancien général américain *Telford Taylor*, le vétéran de la guerre du Viêt-Nam *Barry Romo* - membre de l'association *Vétérans du Viêt-Nam contre la guerre* - et le théologien *Michael Allen*, avaient dû se mettre à l'abri des bombes américaines dans le sous-sol de l'hôtel Métropole, au centre de Hanoï. Nous ignorions aussi que *Telford Taylor* avait immédiatement envoyé un rapport en Amérique, lançant une campagne de collecte de fonds spontanée et immédiate suivie par des milliers de personnes pour reconstruire l'hôpital Bach-Mai détruit ce soir-là[6]. Les bombardiers américains B52 avaient pris par surprise non seulement *Joan Baez* et ses compagnons à Hanoï, mais aussi nous tous.

A la fin de 1972, surtout en décembre, nous, au Viêt-Nam, pensions que la paix était déjà en vue. Avec la reprise des entretiens dits confidentiels entre le conseiller américain en matière de sécurité *Henry Kissinger* et l'homme politique nord-vietnamien *Le*

6 *Voir Tom Hayden: „Buried history in Hanoï", Los Angeles Times 2013-01-20, http://tomhayden.com/home/buried-history-in-Hanoï.html*

Duc Tho à Paris en octobre 1972, un obstacle semblait avoir disparu, qui n'avait fait que paralyser les négociations de paix de Paris entre les parties belligérantes qui se déroulaient depuis 1968. Le 4 décembre 1972, il avait même été annoncé que *Kissinger* et *Tho* avaient déjà signé provisoirement l'accord de paix.

Personne n'aurait pu deviner que les négociations stagnaient encore le 16 décembre et que deux jours plus tard seulement, *Nixon* ordonnerait le bombardement massif de Hanoï. C'est pourquoi, lorsque le soir du 18 décembre 1972, des escouades de B52 ont effectué leur bombardement en tapis sur la ville densément peuplée, il y avait encore beaucoup de Hanoïens, probablement aussi mes parents et ma sœur, dans la ville. Ils avaient tellement attendu la paix tant désirée qu'ils avaient rapidement quitté leur site d'évacuation pour retourner en ville.

Sans hésiter, dès le lendemain matin, je me suis rendu à vélo à Hanoï. Comme je m'en doutais, j'ai retrouvé mes parents et ma jeune sœur dans notre appartement. Comme beaucoup d'autres familles, nous avons essayé de quitter la ville le plus vite possible, tous à vélo, bien sûr, car c'était le seul moyen de transport à l'époque. Il n'y avait guère de train ou de bus. Les cyclomoteurs, les voitures particulières, les taxis étaient alors totalement inconnus dans le Nord-Viêt-Nam. Oui, les vélos nous accompagnent depuis longtemps, nous les Vietnamiens du Nord.

En bonus, il y avait aussi une bonne nouvelle. Ma sœur avait reçu une bourse pour étudier à Leningrad, après avoir passé un test de sélection supplémentaire après son diplôme d'études secondaires. Avant de partir, elle devait suivre un cours de préparation de trois mois. Mais, en raison des raids aériens, ce cours ne pouvait pas avoir lieu à Hanoï, mais dans un village quelque part dans la région de Vinh Phu, à environ soixante kilomètres de distance.

Comment ma sœur pourrait-elle s'y rendre°? Elle ne pouvait y arriver seule. Elle devait rejoindre un endroit totalement inconnu. A cause des bombardements, il était conseillé de se déplacer le soir ou la nuit, et qui pouvait savoir quels dangers l'attendaient en chemin. Mais une chose était sûre, elle ne pouvait pas manquer cette occasion. Un séjour à l'étranger était pour elle le plus sûr des sauvetages. Bien que je susse qu'une absence trop longue me causerait des ennuis avec le directeur de mon université, j'ai décidé, après avoir emmené mes parents sur leur site d'évacuation, d'accompagner ma sœur sur le lieu de son cours.

En se basant sur les années d'expérience depuis le premier raid aérien sur Hanoï au début de 1965, on croyait que les Américains ne bombarderaient pas à Noël, ce qui signifiait un arrêt temporaire non officiel des hostilités.

Noël (on utilisait le nom français) n'était pas un jour férié officiel dans le Nord-Viêt-Nam. Seuls les chrétiens avaient deux jours de congé, les 24 et 25 décembre. Le soir du 24 décembre, les jeunes se rendaient à la cathédrale de Hanoï, au centre de la ville. Qu'ils soient chrétiens ou non. Ils étaient tous habillés de leurs plus beaux vêtements. Ils n'entraient pas dans la cathédrale, et n'écoutaient pas vraiment ce que diffusaient les haut-parleurs autour de l'édifice. On se promenait toute la nuit dans les ruelles près de la cathédrale et autour du lac Hoan Kiem. Juste pour le plaisir de voir et d'être vu°!

Toutes les mesures, tentatives ou astuces du gouvernement, la plupart du temps timides, parfois rusées, pour empêcher cela, sont restées sans succès. Et, cette célébration non officielle de la Fête de la jeunesse avait lieu chaque année, même pendant la guerre.

Etait-ce aussi le cas pour la soirée de Noël en 1972, je ne saurais le dire.

Oui, c'était exactement la veille de Noël 1972. Quand il fit déjà nuit, ma sœur et moi prîmes la route. Comme d'habitude, nous n'avions pas beaucoup de bagages, seulement deux petits sacs à dos militaires, qui étaient également très utilisés par la population civile. Nous devions nous diriger vers le nord sans connaître la route exacte. Je pédalais, ma sœur était assise derrière moi sur le porte-bagages, les sacs à dos étaient fixés des deux côtés de la roue arrière. Par mesure de précaution, nous avons évité les routes principales et n'avons traversé les villages et les rizières que sur des routes secondaires étroites, normalement réservées aux piétons.

Au début, tout s'est déroulé sans incident notable, même si ce n'était pas facile. Mis à part deux ou trois sorties de route, à cause de l'obscurité, qui m'ont fait perdre l'équilibre et nous a fait tomber tous les deux. Heureusement, nous n'étions pas blessés, juste endoloris. Nous nous sommes même amusés. Chaque fois que nous passions devant un village ou une ferme, à côté de la rizière, nous entendions les aboiements excités des chiens vigilants et frimeurs qui nous accompagnaient jusqu'à la fin du village et troublaient un court instant le silence de la nuit. C'était il y a si longtemps, mais je me souviens encore très bien de cette atmosphère rurale paisible d'un village du Nord-Viêt-Nam. Même en cette année 1972.

Il faisait nuit noire lorsque nous atteignîmes une route de campagne qui empruntait en partie une digue de la Rivière Rouge. Nous avions une lampe de poche, que ma sœur tenait à la main sur le porte-bagages à l'arrière. Mais pour économiser la batterie, elle l'allumait rarement, ce qui ne me facilitait pas la tâche pour m'orienter. Il ne restait plus qu'une courte distance à couvrir pour atteindre un village où l'on pouvait prendre un bac pour traverser la Rivière Rouge. Car c'était la partie la plus étroite du puissant fleuve, qui, en cette saison sèche, avait moins d'eau que d'habitude et ne coulait pas trop vite.

Nous nous étions dépêchés et, peut-être pour cette raison, n'avions pas prêté attention à une petite cabane construite sur le bord de la route sur la digue. J'entendis soudain quelqu'un derrière nous crier, la voix paniquée°:

«°Stop°! Arrêtez-vous°! Qui va là°? Vous êtes fou°?°! Il y a une bombe là-bas°!°»

Vélo la nuit

C'était un homme, probablement d'une unité d'autodéfense locale, une grande lampe à kérosène à la main, qui essayait en vain de regarder dans notre direction.

«°Restez-là°!°» cria-t-il.

Il s'était arrêté, un peu derrière nous. Nous ne pouvions pas bien voir son visage, mal éclairé par la faible lumière de sa lampe. Mais sa voix révélait qu'il ne savait plus quoi faire maintenant.

Il nous expliqua que la bombe se trouvait quelque part dans le champ, pas très loin de la digue, non explosée. Mais elle pouvait être équipée d'un détonateur à retardement, on ne savait pas si et quand elle finirait par exploser. Nous ignorions aussi s'il s'agissait d'une bombe magnétique réagissant au métal.

J'ai senti ma sœur trembler de peur. Nous étions là, sans savoir quoi faire. Peu importe où nous regardions, il n'y avait que l'obscurité, à l'exception de la faible lumière de la lampe à kérosène que l'homme tenait un peu derrière nous. Quelque part tout près se trouvait la bombe, peut-être à retardement.

Soudain, sans trop réfléchir, j'ai agi rapidement, aveuglément, instinctivement, presque comme un robot. J'ai tiré ma sœur sur le côté du vélo et j'ai poussé celui-ci comme un bouclier, c'est ainsi que nous avons continué notre route. Je n'entendais plus l'homme qui nous appelait.

Après tant d'années, je ne peux toujours pas décrire ce que je pensais à ce moment-là, ce que je ressentais dans cette situation. Mais ce dont je me souviens encore, c'est de ce sentiment de soulagement après avoir quitté la piste sur la digue et atteint le village en courant, presque sans reprendre notre souffle. Je ne peux pas non plus dire si j'ai eu peur quand nous sommes passés près de la bombe, qui aurait pu réagir et exploser à tout moment aux vibrations de nos pas ou du vélo. La peur est arrivée plus tard, alors que j'avais beaucoup vieilli, à des heures solitaires, dans des cauchemars nocturnes qui me hantèrent longtemps.

Peu après minuit nous avons pris un bac pour traverser la Rivière Rouge. Le chemin restant n'était plus très long. Mais nos forces étaient presque à bout et les batteries de mauvaise qualité avaient rendu l'âme. La femme du bac, elle aussi fatiguée mais sympathique, nous avait conseillé d'aller dans un petit resto, non loin de la rive.

Le restaurant était bien sûr déjà fermé et le propriétaire dormait, mais comme j'ai frappé fort et avec insistance à la porte, celle-ci finit par s'ouvrir. Et, après que je lui ai assuré que je le paierais grassement, il ralluma le feu dans sa cuisine pour nous préparer une soupe de nouilles. La soupe avait un goût affreux, en dépit des affirmations du patron selon lesquelles il était le meilleur cuisinier de la région, et ce, bien qu'il fût difficile et coûteux de se procurer de la viande, des légumes et des nouilles.

Au moins, nous avons pu récupérer un peu, surtout ma sœur épuisée. Avant de repartir, je lui ai demandé s'il pouvait nous vendre de nouvelles piles. Il a réfléchi et ensuite déclaré que les piles sans coupon d'attribution étaient très chères. Je le savais moi-même, bien sûr. À cette époque, les piles étaient l'un des nombreux produits que l'on ne pouvait acheter qu'avec des coupons. Après une courte pause, il a ajouté qu'il en avait acheté au marché noir hier. Juste en cas d'urgence. Mais si je le voulais, le chemin était encore long et obscur, la région inconnue, - qui sait ce qui pourrait nous arriver en chemin°? -, il le ferait, même si ce n'était pas de son plein gré, et qu'après tout il avait aussi besoin des piles pour sa famille, oui il me les vendrait pour vingt Dong, exactement la somme qu'il avait payé la veille... Il voulait seulement nous aider, rien d'autre.

Vingt Dong, c'était beaucoup d'argent qu'il me demandait là°! En tant qu'enseignant à la fac, je gagnais soixante-cinq dongs par mois. Puis nous entendîmes une voix de fille derrière la porte de la cuisine dire°: *«°Papa°! Hier, nous avons acheté quatre piles au magasin de la coopérative avec des coupons. Une pile ne coûte qu'un Hao.°»*

Un Dong, c'était dix Hao.

Nous ne savions pas depuis combien de temps elle était là, dans la cuisine. Le propriétaire l'avait probablement sortie du lit sans qu'on le remarque pour l'aider. En tout cas, elle était là et avait entendu notre conversation. Je me souviens que son père parlait sans arrêt, mais ce qu'elle disait d'une voix calme, un peu endormie, pourtant claire et pleine de reproches, ma sœur et moi ne l'avons pas oublié jusqu'à ce jour, même après plus de quarante ans.

Ses yeux non plus, ceux d'une fillette de dix-douze ans, qui nous regarda en sortant de la cuisine. Et puis le regard dévastateur du père sur sa propre fille, qui venait de le dénoncer en toute innocence.

Bien que déjà éloignés de la petite cabane en terre crue, nous pouvions encore entendre, sans comprendre chaque mot, l'aubergiste rugissant dans la cabane.

«°Pauvre Cosette°» dit doucement ma sœur. Et je me suis dit, si seulement je pouvais être comme *Jean Valjean*°!

Nous étions tous les deux épuisés, mais avec la lampe de poche qui fonctionnait maintenant correctement, nous avons rapidement atteint le village, où le cours préparatoire devait avoir lieu.

Vers midi ma sœur fut acceptée sans la moindre formalité dans un groupe de participants et, comme c'était la coutume, fut logée chez un sympathique couple d'agriculteurs du village.

Elle avait vraiment eu de la chance. Le bombardement du Nord-Viet-Nam ne s'arrêta que trois jours plus tard. Lorsque l'accord de paix fut finalement conclu, à Paris, et qu'il entra en vigueur fin mars 1973, ma sœur et ses camarades avaient pu rejoindre l'Union soviétique en toute sécurité pour y étudier.

Je suis resté cette nuit-là et tout le lendemain avec ma sœur, que je n'ai revu que des années plus tard. Les fermiers m'ont gentiment laissé dormir chez eux. Le troisième jour, après une nuit de bombardement intense en direction de Hanoï et alors qu'il faisait encore complètement sombre dehors, j'ai dit au revoir à ma sœur.

Je suis retourné de l'autre côté de la Rivière Rouge sur le même bac. Pour éviter la bombe, qui n'avait certainement pas encore été désamorcée, et pour pouvoir atteindre mon bureau à Hoa Binh, j'ai dû emprunter un autre itinéraire à partir de là, seul.

Il n'y avait qu'une poignée de personnes sur le bac, rassemblées dans un coin. À côté de moi se tenait un jeune homme qui, lui aussi, avait une bicyclette. Il regardait autour de lui, nerveux. Puis il me demanda, d'une voix tremblante°: *«°Avez-vous aussi entendu dire qu'hier soir, ils ont bombardé la rue Kham Thien°? Ce n'est pas vrai, n'est-ce pas°? Mes parents y vivent, vous savez°! Je suis sûr qu'il ne s'est rien passé de mal, n'est-ce pas°?°»*

Il avait posé la question comme si ma réponse allait décider du sort de ses parents et de la rue Kham Thien.

Le raid aérien dont parlait le jeune homme, et que j'avais entendu de loin cette nuit-là, était celui du 26 décembre 1972, connu plus tard sous le nom de *bombardement de Noël*. Je ne connaissais pas ce terme à l'époque. Que le mot *bombardement de Noël* semble absurde à cause de la combinaison de deux mots inconciliables, je ne l'ai compris que plus tard, en Allemagne, après avoir pris conscience de la signification de Noël pour les Occidentaux. Toute personne normale - qu'elle soit chrétienne ou non - attend avec impatience les marchés de Noël, les cadeaux, la famille, les amis ainsi que la bonne nourriture et enfin les boissons abondantes.

Cette nuit-là, les bombardiers américains B-52 et leurs redoutables tapis de bombes ont tué des milliers de personnes et ont presque entièrement détruit le grand hôpital Bach-Mai et tout le district de Kham-Thien.

Des années plus tard, Noël me rappelle encore cette journée avec le jeune homme sur le bac qui traversait la Rivière Rouge. Et chaque fois, je lui ai souhaité en mon for intérieur que rien ne soit arrivé à ses parents cette nuit-là.

La maison d'hôtes de l'Académie des Sciences de la RDA

L'arrivée à Berlin-Est, capitale de la RDA

Je me suis rendu à Berlin-Est pour la première fois à la fin du mois de février 1979. Il faisait froid lorsque l'avion d'Interflug a atterri à Schönefeld. En descendant de l'avion avec trois autres scientifiques du Viêt-Nam envoyés en RDA pour une formation complémentaire, j'ai remarqué que je tremblais légèrement, pas tellement à cause du froid, mais plutôt à cause d'une tension intérieure difficile à décrire. Après un vol de dix-huit heures au-dessus de la moitié du globe, je laissais derrière moi mon pays natal, le Viêt-Nam, où une guerre longue et brutale venait seulement de prendre fin. On avait à peine eu le temps de profiter de la paix tant désirée depuis des décennies et, une fois de plus, il fallait craindre une nouvelle guerre à la frontière avec la Chine, une guerre qui se profilait comme un nuage noir, toujours plus dense et menaçant à l'horizon.

Mais maintenant je suis ici°! A Berlin, capitale de la RDA, un paradis dans l'imagination de nombreux Vietnamiens.

Tout s'est passé très rapidement. Après un court contrôle des passeports et des douanes, nous sommes arrivés dans la salle d'attente de l'aéroport, où nous attendait un représentant de l'ambassade en RDA et le *Dr. E.*, de l'Académie des sciences de

RDA. À vrai dire, j'ai été ébloui par tant de lumière et d'éclat dans cette salle, par tant de personnes à l'allure inhabituelle mais sympathique, par tant de voitures sur le parking devant l'aéroport. Des années plus tard, je ne comprenais toujours pas pourquoi un collègue de l'institut où je travaillais alors appelait l'aéroport de Schönefeld un *aéroport de village*. Il est évident qu'il n'avait fait jamais auparavant l'expérience d'un aéroport comme celui qui se trouvait près de Hanoï à l'époque.

Le *Dr. E.* nous conduit avec sa Wartburg au centre-ville. Il était très poli. Comme nous ne pouvions rien lui répondre à l'aéroport, à part *Oui, Non* et ce sourire asiatique mondialement connu, il a dû se dire que nous étions encore très fatigués après ce long et épuisant vol, ou que nous ne comprenions encore que très peu d'allemand. C'est pourquoi nous avons roulé pendant un certain temps en silence. J'étais assis à côté de lui, et j'étais mal à l'aise. Le sourire éternel, qui ne nous donne pas l'air intelligent mais plutôt gentil, ne me servait plus à rien. Pour rompre le silence, j'ai rassemblé tout mon courage et j'ai demandé°: *«°Dites-moi, est-il vrai que Berlin a été gravement endommagée pendant la Seconde Guerre mondiale°?°»*

J'avais souvent répété cette phrase pendant mes cours d'allemand à Hanoï et c'était maintenant la première phrase complète que je prononçais à Berlin, à un collègue de RDA. Je dis consciemment, à un *collègue de RDA*, et non à un *collègue allemand*.

Au cours des trois mois d'apprentissage de l'allemand en préparation de mon voyage en RDA, on m'avait dit à plusieurs reprises que les Allemands de la RDA n'aimaient pas se dire citoyens allemands, mais plutôt citoyens de la RDA. Que c'était une erreur, au mieux une vérité partielle, voire un mensonge, je l'ai vite compris un peu plus tard, peu après avoir fait un peu mieux connaissance avec les collègues de mon institut.

Mon père, linguiste, avait probablement raison de douter du succès de la politique de l'époque, qui consistait à avoir deux états allemands, deux nations allemandes, deux langues allemandes.

Le *Dr E.* sembla très impressionné par mon bavardage et se mis à parler. Le lendemain, lors de la réception du directeur de l'institut, il souligna au directeur que je parlais bien l'allemand, en me montrant du doigt. Mais pour être honnête, mes capacités linguistiques n'étaient pas terribles, et je n'avais pas compris grand-chose de ce qu'il avait dit dans la voiture.

Nous avons déposé l'un d'entre nous, un biologiste qui devait poursuivre sa route vers Iéna le lendemain, à l'hôtel *Unter den Linden*, qui était situé à l'intersection de l'avenue du même nom et de la Friedrichstraße. L'hôtel me semblait déjà formidable à l'époque, mais l'avenue Unter den Linden elle-même m'a encore plus impressionné. Toute personne ayant appris l'allemand avec assiduité grâce au manuel *Deutsch für Ausländer* (l'allemand pour les étrangers), publié par l'Institut Herder de Leipzig, connaissait cette rue comme le fond de sa poche. Il y avait en effet dans le manuel une leçon dans laquelle on jouait le rôle d'un guide de RDA qui, dans un bus, descendait Unter den Linden et expliquait aux touristes étrangers les curiosités des deux côtés de la rue. Nous l'avons utilisé pour nous entraîner à la prononciation : *«°Ainsi, Mesdames et Messieurs, voici le musée de l'histoire allemande, le mémorial devant lequel les soldats de l'Armée Nationale Populaire se tiennent au garde-à-vous, l'université Humboldt de renommée mondiale, la porte de Brandebourg, symbole de la capitale Berlin - ville de la paix, l'ambassade d'URSS, l'Opéra-Comique, l'Opéra d'État, etc.°»*

Sans rien soupçonner de notre leçon d'allemand, le *Dr. E.* nous mena lentement vers la porte de Brandebourg avant de faire demi-tour. La description faite dans le manuel correspondait très bien à la réalité. Mais il n'y avait pas un mot dans le manuel sur le fait que nous devions faire demi-tour à l'endroit où se trouve aujourd'hui l'*hôtel Adlon*, reconstruit à l'identique.

La maison d'hôtes de l'académie, dans laquelle j'étais logé, était située dans la Zechliner Strasse 16, dans une nouvelle zone de développement de Berlin-Est dans le quartier de Hohenschönhausen. Plus tard, on trouvera ces bâtiments préfabriqués horribles. Mais pour l'époque, et en particulier pour beaucoup d'entre nous venant du Viêt-Nam, il s'agissait de belles maisons avec des appartements meublés standard, comprenant des salles de bain et des cuisines généreusement équipées. Dans une telle zone résidentielle composée de bâtiments presque tous identiques, il y avait tout ce dont on avait besoin pour vivre. Le logement n'était pas situé dans le centre, mais c'était facile de s'y rendre grâce aux bonnes connexions des transports publics. Les bus et les trams ramassaient le matin des masses de gens pressés, des travailleurs socialistes, dans le jargon d'alors, et les recrachaient le soir au même endroit.

En règle générale, chaque zone résidentielle, comprenait une école, un jardin d'enfants, un bloc hébergeant un magasin HO, un restaurant HO, un bureau de poste, un fleuriste, un service HO et éventuellement une discothèque, ouverte deux ou trois fois par semaine pour les jeunes.

Sur le site où se trouvait autrefois ce complexe de bâtiments, se trouve aujourd'hui l'Allee Center, qui n'a accueilli, après la réunification, que des magasins de chaînes connues tels que Aldi, Douglas, McPaper, Gerry Weber et bien d'autres.

Mais, lorsque je roule le long de la Zechliner Strasse et que je tourne ensuite à droite dans la Genslerstrasse, j'ai presque toujours l'étrange impression que - contrairement à des quartiers comme Mitte et Wedding, Prenzlauer Berg et Pankow - peu de choses ont changé ici. Comme si les ombres de l'ancien temps, comme celles des nombreux préfabriqués du quartier, étaient toujours présentes.

Une scène que j'ai souvent observée devant notre grand magasin était celle des poussettes. Pour aller faire leurs courses, de nombreuses mères laissaient leurs bébés dans leurs poussettes devant l'entrée du grand magasin. Parfois, c'était vraiment drôle parce que les poussettes à bébés alignées formaient comme un petit orchestre, l'un pleurait, un autre criait, chantait ou riait. Beaucoup de femmes ne trouvaient pas ça amusant, mais pour moi, cette scène était belle, elle me réchauffait le cœur et me donnait un sentiment de confiance, de sécurité.

Les pensionnaires de la maison d'hôtes de l'Académie étaient des scientifiques de toutes disciplines, chimistes, biologistes, physiciens, mathématiciens, historiens ..., de différents pays, tels que l'Union soviétique, le Viêt-Nam, la Mongolie, et plus tard aussi la Corée du Nord. Ils étaient venus à Berlin dans le cadre de la coopération universitaire entre leur pays d'origine et la RDA, afin de travailler ou d'acquérir de nouvelles qualifications.

On vivait à deux ou trois dans un appartement, chacun ayant sa propre chambre. Comme les téléviseurs étaient rares à l'époque, il y avait au rez-de-chaussée une salle de club où l'on pouvait se retrouver le soir pour regarder la télé. Nous avions le privilège d'être autorisés - en tout cas ce n'était pas interdit - à regarder non seulement les chaînes de l'Est, DDR-1 ou DDR-2, mais aussi celles de l'Ouest, ARD ou ZDF.

Bien que nous ne devions rien payer pour notre pension, celle-ci fonctionnait comme un petit hôtel. Chaque jour, les chambres étaient nettoyées par de gentilles femmes de ménage, une fois par semaine, les draps et les serviettes étaient changés. Je n'en étais pas vraiment conscient, mais certains prétendent qu'ainsi nous étions constamment contrôlés. C'est peut-être pour cela que le concierge, qui avait son bureau au rez-de-chaussée juste à l'entrée et vivait avec sa famille dans la même maison au dernier étage, connaissait si bien notre vie privée dans la maison d'hôtes. A savoir : ce que tu aimais bien manger, boire, comment tu te sentais, ce que tu lisais, achetais, qui tu recevais comme invité, à quelle fréquence il (ou elle) te rendait visite ou si sa visite était inopinée. Cela n'allait pas sans quelques malentendus.

Nous, les Vietnamiens, aimons manger chaud le matin, le midi et le soir. C'est pourquoi nous cuisinions souvent dans notre maison d'hôtes, ce qui ne plaisait pas toujours au personnel. Et nous cuisinions nous-mêmes parce que c'était meilleur. C'est aussi à cause de notre cuisine, qu'il y avait souvent une *drôle d'odeur* dans les appartements des hôtes vietnamiens.

Plus tard, Wladimir Kaminer, un écrivain russe vivant à Berlin, écrira dans son livre Schönhauser Allee, *qui m'a toujours fait rire, que ces odeurs exotiques lui faisaient toujours penser à du chien frit à l'ananas°!*

Cuisiner soi-même était aussi moins cher. On parle beaucoup du sens de l'économie des Allemands, mais je soupçonne que c'est seulement parce qu'on ne connaissait pas encore les Vietnamiens. Souvent, c'était tellement exagéré qu'il ne s'agissait plus d'économie raisonnable, mais déjà d'une avarice pathologique. Ce sens de l'économie coule de génération en génération dans notre sang, forme la base de l'être vietnamien, domine l'économie, la politique, la culture et la morale de notre nation depuis des milliers d'années. La différence entre la manière de faire des économies dans les deux pays, c'est qu'en Allemagne, les gens sont économes pour des raisons pratiques, alors qu'au Viêt-Nam, la pauvreté les oblige à l'être. Cela expliquer vraisemblablement pourquoi les Vietnamiens sont devenus si vite des gaspilleurs dès que leur train de vie s'est un peu amélioré à la suite de l'invasion incontournable de l'économie de marché.

Et comme, à cette époque, il n'y avait en RDA ni vermicelle de soja, ni champignons asiatiques séchés, papier de riz ou sauce de poisson, sans lesquels la nourriture pour un Vietnamien n'est pas imaginable, on faisait tout passer en contrebande de notre Viêt-Nam natal en RDA en utilisant Interflug, la société aérienne allemande de l'est.

Peut-être avons-nous ainsi lancé une nouvelle vague de mondialisation des cafards. Ces cafards communs pondaient leurs œufs en secret, personne ne savait quand et comment, passaient sans encombre le pourtant sévère contrôle douanier de l'aéroport de Schönefeld dans nos emplettes, pour éclore tranquillement dans les accueillantes cuisines de la pension de l'Académie et se multiplier rapidement.

Il n'est tout simplement pas vrai que tout ce qui vient du Viêt-Nam, les gens, les animaux, les plantes, les fruits, est petit. En aucun cas°! Par rapport aux blattes allemandes, les cafards viet-namiens sont très grands. On ne sait pas si les cafards importés ont pu se croiser avec les cafards allemands, mais en tout cas, ceux de la maison d'hôtes étaient inhabituellement grands, têtus, et comme ils étaient parmi les universitaires, ils étaient probablement aussi très intelligents et surtout très malins.

Ma mère a une peur bleue des cafards. Lors de mes tentatives désespérées de chasser les cafards dans notre cuisine, elle s'asseyait toujours dans un coin et me disait tranquillement que *Maxim Gorki* avait écrit quelque part que les humains et tous les animaux avaient été créés par Dieu. Tous, sauf les cafards°!

Big business RDA - RSV[7]

À l'époque, en tant que chercheur invité vietnamien à l'Académie de RDA, on recevait entre 600 et 900 marks de RDA par mois. La somme la plus élevée était réservée aux titulaires d'un doctorat. En outre, chaque nouvel arrivant recevait 400 marks de RDA pour acheter des vêtements d'hiver chauds.

Aujourd'hui, il est de bon ton de se moquer du fait que la RDA était une économie en pénurie, qui n'était pas en mesure d'offrir suffisamment de biens de consommation à sa population. Certains diront même que l'offre dans les grands magasins était terriblement pauvre et monotone à l'époque. Il n'y avait pratiquement pas de légumes, pas de vrais fruits, pas de bananes, pas de bons vins, sauf le *cabernet* hongrois ou le *Kadarka* bulgare au goût terriblement sucré, pas de jambon, peu de viande, pas de cigarettes, outre quelques variétés simples comme *Kabinett*, *Karo*, *Club*, *Duett*, *Juwel*, etc.

Mais pour nous, venant du Viêt-Nam, où les fonctionnaires ne gagnaient en moyenne pas même l'équivalent de 100 marks de RDA par mois et se voyaient attribuer par habitant et par mois environ 13 kg de riz, 500 g de viande, 250 g de sucre, 0,5 l de sauce de poisson, les grands magasins *HO* ou *Centrum* sur l'Alexanderplatz, l'Anton-Saefkow-Platz et la place de gare centrale de Berlin (l'Ostbahnhof d'aujourd'hui) étaient le véritable

---

[7] *République socialiste du Viêt-Nam*

paradis sur terre, où nous pouvions acheter du riz, de la viande, de la bière et d'autres choses dont nous n'osions même pas rêver dans notre pays, sans coupons de rationnement, et cela, sans autre restriction que la quantité que nous pouvions transporter.

Avec nos salaires de l'académie, qui nous semblaient très élevés par rapport à nos salaires à la maison, nous avons donc essayé d'acheter le plus possible. Curieusement, cela était également vrai pour les chercheurs venus de Pologne, de Bulgarie, de Roumanie, d'Union soviétique, de Mongolie et plus tard aussi pour ceux de Corée du Nord, où le niveau de vie socialiste, selon la propagande habituelle, était censé être beaucoup plus élevé qu'au Viêt-Nam.

Les vélos *Mifa*, les cyclomoteurs *Simson*, appelés familièrement *mokick*, les vieilles machines à coudre, les anoraks doublés de fourrure artificielle, toutes sortes de fringues et de vêtements pour enfants étaient particulièrement recherchés et pouvaient être achetés dans les magasins que l'on trouvait presque partout dans la ville. Il y avait aussi de la laine à tricoter, du savon, des boîtes de crème pour la peau, du glutamate, du cacao, du lait en poudre...

Je n'oublierai jamais combien j'étais heureux de pouvoir envoyer de temps en temps à mon fils à Hanoï, qui avait alors un an, du lait en poudre *Milasan* produit en RDA. Le fait qu'il soit devenu si grand, fort, intelligent et sûr de lui aujourd'hui est certainement dû en grande partie à cette ration supplémentaire de lait.

Car sa mère n'était autorisée à lui acheter que deux boîtes de lait condensé d'origine soviétique au maximum... par mois et avec une carte de rationnement délivrée pour les bébés.

C'est pourquoi nos chambres dans la maison d'hôtes ne sentaient pas seulement *bizarre*, elles ressemblaient souvent à de petites boutiques, remplies de toutes les choses que l'on avait soigneusement accumulées pendant son séjour. Le soir ou le week-end, on avait même l'impression qu'il s'agissait d'ateliers de bricolage, où l'on déployait tous les efforts et astuces possibles pour démonter vélos et cyclomoteurs et les emballer en vue de leur transport au Viêt-Nam.

C'était un véritable art°! Une bicyclette enveloppée dans des couvertures en tissu bon marché finissait par ressembler à s'y méprendre à une contrebasse, que vous pouviez emporter comme bagage à main dans l'avion d'Interflug ou envoyer par courrier aérien. Les cyclomoteurs étaient également démontés pour gagner de la place. Les pièces détachées étaient emballées avec toutes sortes de trucs dans des boîtes spécialement construites à cet effet. Au Viêt-Nam, il y avait des magasins spécialisés dans le remontage expert de ces véhicules importés.

Envoyer une caisse au Viêt-Nam°! Pour autant que je sache, c'était à l'origine le privilège des Vietnamiens envoyés en RDA pour y travailler dans l'industrie au début des années quatre-vingt. Il avait été convenu entre les gouvernements de RDA et de la République Socialiste du Viêt-Nam que chaque ouvrier était autorisé à faire expédier une ou deux petites caisses en bois depuis Rostock à Haïphong, chargées de marchandises achetées avec l'argent durement gagné en RDA.

Ce n'est que beaucoup plus tard que les universitaires, c'est-à-dire les scientifiques, les doctorants ou les étudiants délégués en RDA, furent autorisés à faire de même.

Logement des scientifiques vietnamiens, Académie des Sciences de RDA

Avec le nombre sans cesse croissant de Vietnamiens, ouvriers ou universitaires, que l'on pouvait rencontrer dans presque tous les coins du pays depuis le début des années 1980, ce à quoi on pouvait s'attendre s'est finalement produit°: les bicyclettes, les mobylettes sont devenues rares, sans parler des machines à coudre, des anoraks doublés ou du papier photo *ORWO*.

Un collègue de RDA vivant seul m'a un jour fait une offre mi-plaisante, mi-sérieuse°: Je devais lui présenter une Vietnamienne et il m'offrirait en échange l'ancienne machine à coudre *Singer* de sa mère°!

Il n'existe pas de statistiques prouvant que les Vietnamiens ont vidé les grands magasins, dont *HO*, en RDA et ont appauvrit la république avec leurs caisses de vêtements de toutes sortes°! Ce n'est pas possible. A cette époque, la RDA était officiellement l'un des dix pays industriels les plus développés au monde°!

Comme je l'ai dit plus haut, démonter et emballer un cyclomoteur ou un vélo était un véritable art. Mais les dommages collatéraux de ces actions étaient la saleté, les taches d'huile sur le tapis, le canapé, le lit et un chaos, une confusion totale, que l'on observait trop souvent dans les chambres des Vietnamiens. Cela violait bien sûr toutes les règles de la propreté et de l'ordre allemands et a parfois rendu folles les pauvres femmes de ménage.

Il leur était difficile d'imaginer que, pour la plupart d'entre nous, le but d'un séjour en RDA n'était pas tant de recevoir une éducation scientifique ou un diplôme universitaire, mais plutôt de se constituer une petite fortune, dans les conditions vietnamiennes d'alors. Après tout, ces marchandises envoyées à la maison étaient généralement revendues avec un bénéfice substantiel°!

Grâce aux gains réalisés, des maisons, des magasins, des terrains changeaient de propriétaire, des mariages étaient célébrés, et Dieu ou Bouddha sait quoi encore°! En outre, chez nous, dans notre pays d'origine, non seulement notre famille, notre femme, notre mari, nos enfants et nos parents, mais aussi nos amis, collègues, chefs attendaient de la *richesse* que tu avais acquise en peu de temps, tes cadeaux considérés comme obligatoires.

Les ratés qui n'avaient pas réussi à ramener au Viêt-Nam, en plus de leur diplôme ou de leur doctorat, au moins une bicyclette ou même une mobylette et, en plus, quelques pots de crème pour la peau *Florena*, en cadeau pour les épouses de leurs chefs, devaient s'attendre à de véritables drames familiaux et à des conflits avec leurs supérieurs.

Je ne sais pas comment ça se passait avec les ouvriers. Mais avec les universitaires, j'étais convaincu que plus une caisse était grande, plus les compétences commerciales et spéculatives de son propriétaire étaient développées, moins celui-ci avait acquis de connaissances pendant son séjour en RDA. Si, comme le préconisait *Galilée*, l'on décrit la nature dans le langage des mathématiques, on parlerait ici de corrélations inversement proportionnelles.

J’ai connu une germaniste qui avait certes réussi, en peu de temps, à entasser dans une énorme caisse d'innombrables pièces détachées pour bicyclettes et cyclomoteurs, mais qui ne savait pas grand-chose de place de *Thomas Mann* dans la littérature allemande. Et un jeune archéologue qui n'avait aucune idée de la raison pour laquelle l'âge d'un objet ancien pouvait être déterminé avec des isotopes de carbone, mais qui était tout à fait capable d’envoyer de grandes quantités de papier photo à Hanoï.

Il est évident que plus la caisse était grande, plus il fallait investir d'argent, d'où qu'il vienne, et bien sûr de temps pour passer au peigne fin non seulement Berlin, mais aussi d'autres grandes villes dans toute la République, voyager à Varsovie, Prague ou Moscou, pour fouiner dans tous les grands magasins possibles, faire du commerce, nouer des liens et acheter tout ce qu'on pouvait trouver. Il ne restait plus beaucoup de temps ou d’énergie pour se rendre au labo, à la bibliothèque, ou assister aux cours, réunions et conférences.

Cependant, ce n'était que la première partie de cette tragicomédie. La deuxième partie se passait chez nous, lorsque ces mêmes dames et messieurs, en raison de la taille et du contenu de leurs caisses, et uniquement pour cela, devinrent très officiellement des experts de premier plan dans leur domaine et eurent une influence décisive sur le développement de la science et de la technologie dans le pays.

Les femmes de ménage de la maison d'hôtes et leur chef, le concierge, ne comprenaient pas pourquoi nous recevions des visites aussi fréquentes, souvent de la part de nos frères, sœurs, oncles ou tantes. *«°Tous les Vietnamiens sont-ils frères et sœurs ?°»* nous demandaient-ils. Et, quand nous avions de la visite, on cuisinait, on mangeait, on buvait encore plus et bien sûr nous hébergions notre hôte pour le week-end. Mais pour la plupart d'entre nous, il était difficile de comprendre comment on peut manger froid le soir, pourquoi il fallait signaler les visites et qu'il était interdit aux étrangers de passer la nuit dans nos chambres.

Pour autant que je sache, ce problème apparemment mineur d'organisation des visites, a plus tard, dans les années quatre-vingt, lorsque de jeunes ouvriers vietnamiens vinrent en masse en RDA, provoqué des conflits très graves entre les travailleurs et le personnel de certains foyers ouvriers.

C'était encore l'époque où le sens de la communauté était très présent, chez la plupart d'entre nous, les Vietnamiens, allez savoir pourquoi. Selon une légende, ce sentiment est le résultat de l'histoire vietnamienne plurimillénaire. Profondément ancré dans la pensée, la foi, la langue, il nous donne une cohésion difficile à décrire, quasiment familiale, il crée une proximité mentale aussi bien que physique et nous donne l'impression d'être réellement frères, sœurs ou cousins dans une grande famille.

Il est vrai que non seulement les enfants, mais aussi les adultes, qu'ils viennent du Nord ou du Sud, y compris des scientifiques, des artistes ou des hommes politiques de haut rang, croient encore, ou du moins font semblant de croire, que les Vietnamiens, sont tous les enfants des mêmes parents, ou que *Ho Chi Minh* est leur père à tous. C'est l'un de ces nombreux mythes de plus en plus instrumentalisés politiquement dans le Viêt-Nam d'aujourd'hui.

Il est compréhensible que ces sentiments soient devenus encore plus forts alors nous étions alors à l'étranger, loin de chez nous. En outre, jusqu'au début des années 1980, malgré tous les beaux discours sur l'internationalisme et la fraternité étroite entre les peuples de deux pays frères socialistes - la RDV ou plus tard, la République socialiste du Viêt-Nam, et la RDA - il nous était officiellement interdit d'avoir des contacts privés avec les citoyens est-allemands. Si l'on était invité chez eux par des collègues ou des amis de RDA, il fallait toujours, de façon absurde, selon les instructions de l'ambassade du Viêt-Nam, emmener un autre invité vietnamien, que l'hôte le connaisse ou non. Un témoin de votre bonne conduite était toujours nécessaire lors de ces visites°!

Il faut ajouter que l'interdiction des relations concernait non seulement les citoyens de RDA, mais aussi les invités des autres pays socialistes. Malheur aux naïfs qui croyaient à l'amitié des nations et qui ne tenaient pas compte de cet ordre°! S'il n'était pas le fils, la fille, le neveu ou un proche parent d'un membre du

Politburo ou du Comité Central, de graves conséquences disciplinaires l'attendaient.

L'internationalisme et la fraternité socialiste, tu parles !

On restait donc la plupart du temps entre nous. Nous faisions des allers-retours à travers la république aussi souvent que possible afin de nous rendre visite, de discuter, de manger, de boire, de passer du temps ensemble. Deux choses étaient catégoriquement interdites : l'amour physique et regarder des films des pays capitalistes, c'est-à-dire ceux de l'Ouest°! Quiconque était pris ou même soupçonné d'avoir fauté était renvoyé chez lui comme un criminel, parfois même sous escorte.

Nos dirigeants étaient très préoccupés par notre morale°! Lorsqu'en 1979, en Union soviétique, la fille du secrétaire général du Comité central du PCV de l'époque tomba amoureuse d'un professeur soviétique et l'épousa, cette règle morale fut progressivement assouplie en silence. Mais les femmes - ouvrières, étudiantes et scientifiques - qui tombaient enceintes pendant leur séjour en RDA étaient presque toujours menacées d'une expulsion immédiate. À ce jour, je ne sais pas si cela était ordonné par les Vietnamiens ou par le gouvernement est-allemand, ou par les deux. Aujourd'hui, une femme enceinte ne peut plus être expulsée°! Les temps changent, comme on dit.

Une petite histoire amère me revient en mémoire. Un jour, un magazine de la *FDJ*[8] a publié la nouvelle d'un étudiant vietnamien qui, je crois, étudiait à l'Université technique de Magdebourg. L'étudiant avait raconté qu'il était tombé amoureux d'une étudiante allemande qui le lui rendait bien.

Mais leur amour fut rejeté par leurs familles, leurs amis et connaissances. Il venait d'un pays complètement étranger, parlait à peine l'allemand, il était si petit, si jaune, si laid, disaient les uns. Tu es fou, disaient les autres, c'est une Allemande après tout, elle ne peut pas t'aimer autant, te gâter, te servir comme une gentille fille du Viêt-Nam, elle ne sait pas cuisiner, elle ne peut même pas faire du vrai thé vert pour vous et vos invités, s'occuper de tes parents, tout ce qui est le devoir d'une belle-fille au Viêt-Nam.

Quiconque aime une fille comme ça commet tout simplement une trahison. Le groupe d'étudiants vietnamiens de son université l'avait sévèrement critiqué pour son comportement immoral à plusieurs reprises lors de réunions, auxquelles participaient également des représentants de l'ambassade. Cette dernière l'avait réprimandé par écrit à plusieurs reprises.

La pression était finalement si forte que le couple ne pouvait plus la supporter et se sépara. Triste, amer et déçu, le jeune étudiant

---

[8] *FDJ: La Jeunesse allemande libre (Freie Deutsche Jugend) était le mouvement de jeunesse officiel des 14-25 ans de RDA.*

avait écrit son histoire d'amour et l'avait envoyée au magazine de la *FDJ* pour qu'elle soit publiée. L'ambassade était furieuse.

Comment cet enfoiré de traître avait-t-il pu se permettre de révéler publiquement des affaires internes°! Il avait non seulement souillé la réputation de l'ambassade et insulté ses compatriotes, mais il avait aussi porté un grand préjudice à l'amitié entre la RDA et la RSV !

Une procédure disciplinaire fut engagée contre le pauvre étudiant. Comme il fallait s'y attendre, il fut immédiatement expulsé vers son pays d'origine. Au départ, à l'aéroport de Schönefeld, le couple s'est embrassé une dernière fois en pleurant devant les yeux furieux de l'attaché culturel vietnamien qui devait escorter l'étudiant déporté.

Des rumeurs ont circulé selon lesquelles le pauvre homme aurait été arrêté par la police populaire comme un grand criminel à son arrivée à l'aéroport de Hanoï.

À l'époque, tout ce qui concernait la culture, la science, la technologie, l'enseignement supérieur et les échanges universitaires relevait d'un service interne de l'ambassade, qui partageait la responsabilité pour ces domaines avec un représentant du ministère vietnamien de l'enseignement supérieur. Alors que ceux qui étudiaient en RDA, faisaient un stage ou apprenaient une profession tombaient dans la sphère d'influence du représentant du ministère, les chercheurs de l'AdW, étudiants en doctorat et en diplôme des universités et écoles supérieures de la RDA, avaient des relations personnelles avec l'attaché culturel.

C'était un petit homme. Physiquement, les Vietnamiens sont pour la plupart déjà petits, mais il était encore un peu plus petit. C'est peut-être pour cela qu'il aimait beaucoup parler, avec énergie et pompe. Il portait souvent un long manteau bleu foncé et portait presque tout le temps un chapeau en feutre. Le manteau semblait trop grand pour lui et le rapetissait encore un peu. Il était diplomate, et un diplomate devait porter un manteau et un chapeau de feutre, pensait-il.

Mais que cela nous plaise ou non, nous devions lui parler, c'était notre devoir, même si ce n'est pas aussi souvent que nos collègues nord-coréens. Au moins une fois tous les deux mois, nous devions nous présenter à l'ambassade, Hermann-Duncker-Str. 125 à Berlin-Karlshorst, et lui faire un rapport sur notre travail.

Plus tard, pendant des années, sur le chemin du travail, je suis passé tous les jours devant ce bâtiment situé dans l'actuelle Treskowallee. Après une longue et minutieuse rénovation, il est maintenant devenu un bâtiment résidentiel. Un ballon en forme de dent est suspendu à la fenêtre du bureau de l'ancien attaché culturel, c'est de toute évidence maintenant un cabinet dentaire. Les temps changent...

L'attaché culturel notait très soigneusement tout ce que nous racontions. Nous ne pouvions que spéculer sur l'utilité de ces rapports et sur leur destination. Très consciencieusement, il nous interrogeait sur ceci et cela, nous rappelait notre devoir de travailler et d'apprendre avec diligence, et notre responsabilité envers le parti, l'*oncle Ho*, la patrie et le peuple vietnamien.

Il enchaînait sur la bonne conduite pendant notre séjour en RDA, l'interdiction de regarder des films capitalistes, d'acheter des magazines érotiques, d'aller sur les plages de nudistes sous aucun prétexte et d'avoir des contacts privés avec des citoyens de RDA qui, certes, étaient socialistes et anti-impérialistes comme nous, mais moralement assez discutables, pour ne pas dire décadents.

Les femmes de RDA, en particulier, représentaient un grand danger pour nous, elles se promenaient presque nues sans vergogne, embrassaient librement les hommes dans la rue et divorçaient de leur mari quand elles le voulaient.

L'attaché culturel était fondamentalement utile car il savait beaucoup de choses. S'il n'avait aucune idée de ce que renferme le musée de Pergame à Berlin ou au sujet des monuments de Potsdam, Leipzig, Dresde, Gotha, Erfurt ou Weimar, il donnait d'excellents conseils sur les meilleurs endroits où acheter vélos, cyclomoteurs, machines à coudre et vêtements pour enfants.

Ceux qui, au lieu d'acheter toutes ces merveilles et de les ramener chez eux, avaient réussi à se procurer un exemplaire de *Magazin*, avec des photos de femmes nues, ou acheté des cartes postales représentant *L'éternel printemps* de *Rodin* ou des reproductions d'*Olympia* de *Manet*, de *Danaé* du *Titien* ou de la *Vénus endormie* de *Giorgione*, lesquelles étaient bien sûr immédiatement confisquées à l'aéroport de Hanoï par la *police culturelle* pour cause de pornographie et, pour être paraît-il détruites, auraient bien mieux fait d'écouter les judicieux conseils de l'attaché culturel et de faire une grande joie à leurs proches avec mobylettes et autres machines à coudre.

L'attaché culturel partageait avec la plupart des membres de l'élite dirigeante du Viêt Nam son érudition culturelle. Je me souviens d'une blague qui circulait à l'époque parmi les étudiants vietnamiens en RDA°*: Lors d'une réunion du Conseil des ministres du Laos, le ministre des transports avait proposé la création d'un nouveau ministère des affaires maritimes. Ses col-*

lègues ministres étaient plutôt surpris car le pays n'a pas d'accès à la mer. «°Pourquoi pas°! Au Viêt-Nam, il y a bien un ministère de la culture°» avait été sa réponse.

Malgré tous les malentendus, la relation entre nous et le personnel de la maison d'hôtes était en fait très amicale. Nous trouvions toujours des occasions appropriées, telles que les fêtes nationales, les anniversaires ou même les adieux, pour faire la fête ensemble. C'était presque devenu une tradition que nous les invitions, ainsi que les représentants du département des relations internationales de l'Académie, à célébrer la fête du Têt, c'est-à-dire le Nouvel An vietnamien. De véritables flots de *Goldbrand*, brandy de la RDA et de *Lua Moi*, alcool de riz vietnamien, ont arrosé l'amitié des deux peuples.

Qui d'entre nous, y compris certains des collègues de RDA invités à nos fêtes, savait alors, qu'à quelques pas de là, dans la cave de la prison de la *Stasi*[9], Genslerstrasse 66, les prisonniers étaient torturés mentalement et physiquement. Même aujourd'hui, il est difficile de s'imaginer que dans la vie quotidienne en RDA coexistaient, d'une part une vie apparemment pacifique, confortable et heureuse et d'autre part une oppression politique cruelle.

Une leçon à tirer de cette expérience semble être de maintenir les prisonniers aussi loin que possible des zones résidentielles. Ici aussi, la RSV, pays frère de la RDA, est un exemple pionnier°! Après la chute du *système socialiste* dirigé par l'URSS, la prison de Hoa Lo, la *fournaise de feu*, jadis située au centre de la capitale, dans laquelle étaient détenus des résistants à l'époque coloniale française, puis des opposants politiques et des criminels, mais aussi plus tard, sous le régime socialiste, des pilotes américains tels que *John McCain*, a été fermée sans plus attendre et les détenus transférés dans les régions montagneuses du nord.

Les Etats-Unis, ancien ennemi juré de la RDA comme de la RSV n'ont pas fait mieux. Ils ont entretenu et entretiennent encore des camps de prisonniers à Guantanamo ou en Pologne°!

---

[9] *abréviation de Staatssicherheit : Le ministère de la Sécurité d'État (Ministerium für Staatssicherheit), était le service de police politique, de renseignements, d'espionnage et de contre-espionnage de RDA*

Certains anciens opposants au régime, militants des droits civiques ou historiens, qualifient la RDA de pays le plus ennuyeux du monde. Une telle affirmation impliquait l'existence d'éléments de comparaison, dont nous ne disposions pas alors.

Jour après jour, nous quittions nos maisons le matin, rejoignions les masses dans les rues, aux arrêts de bus, dans les bus, les trams, S-Bahn et U-Bahn[10], nous nous dépêchions d'aller à nos instituts, à l'université ou dans les écoles dans lesquelles nous travaillions et étudiions. À la fin de la journée, nous sommes rentrés chez nous, avons fait des courses et patiemment fait la queue quelque part en chemin, par exemple pour aller chercher des fleurs pour la Journée de la femme, le 8 mars. Dans les chambres, nous avons cuisiné et nous avons ensuite regardé la télévision°: *Sandmännchen*, *Aktuelle Kamera*, *Schwarzer Kanal*, *Fernsehballett*... Presque personne ne quittait la maison d'hôtes le soir. La plupart des rues étaient vides. D'une certaine manière, nous préférions rester à la maison, entre nous dans la famille, entre quatre murs. Une *société de niche*, comme disent les historiens. Jour après jour.

Ce n'est que le week-end, en fonction du temps bien sûr, que nous quittions la pension, pour une promenade sur l'*Alex*, *horloge universelle*, *tour de la télévision*, *fontaine de Neptune*, *Unter den Linden*, *Palais de la République*, *Île des musées*, *Müggelsee*, *Volkspark Friedrichshain*, *Tierpark*, *Plänterwald*,

---

10 *L'équivalent du métro (U-Bahn) et RER (S-Bahn) berlinois*

Treptower Park, ou bien aller au cinéma, *International*, *Kosmos*, *Babylon*, au théâtre, *Schauspielhaus*, *Berliner Ensemble*, *Friedrichspalast*, *Theater im Palast der Republik*, avec la S-Bahn à Potsdam, *Sans-souci*, *Cecilienhof*, à moins que cela nous prenne de nous rendre à Leipzig, Halle, Magdebourg, Dresde ou Rostock pour rendre visite à nos amis, frères, sœurs. Week-end pour week-end.

Presque comme dans le manuel *Deutsch für Ausländer*, on rencontrait partout dans la ville des citoyens de RDA à l'air heureux, des travailleurs socialistes, là la famille *Lehmann* avec ses enfants, ici *M.* et *Mme Schmidt*, *Mlle Karin* marchant, chantant, en plein dans une discussion animée sur la concurrence socialiste dans son entreprise. Et parce que tout cela ressemblait à ce monde illusoire du manuel, il semblait que semaine après semaine, les mêmes personnes avec les mêmes visages, les mêmes conversations avaient lieu encore et toujours, que les mêmes scènes se répétaient sans fin. *Bill Murray* alias *Phil Connors* dans le film *Un jour sans fin* nous passait probablement le bonjour.

Malgré le mur, les habitants de la RDA me semblaient être à leur manière heureux, libres et chaleureux. A mes yeux inexpérimentés, aveuglés par une telle façade harmonieuse, paisible, heureuse et quasi paradisiaque de la vie quotidienne en RDA, il y avait peu de signes visibles d'ennui, d'insatisfaction, de frustration ou de déception.

Pas comme au Viêt-Nam, où pour les manifestations à l'occasion du 1er mai, de la fête nationale le 2 septembre, de la grande révolution russe le 7 novembre, ou pour accueillir un invité de haut rang des pays frères socialistes, toutes les entreprises, instituts, écoles, universités recevaient l'ordre de fournir tant et tant de personnes, propres, soignées et bien habillées, avec des visages heureux et joyeux. Rien à voir avec le Viêt-Nam, où les gens - malgré la soi-disant libération du Sud en 1975, malgré la paix tant attendue depuis des décennies - quittaient le pays en masse, initiant ainsi un exode dramatique entré dans l'histoire sous le nom de *boat people*.

Défilant avec mes collègues devant la tribune des dirigeants du *SED*[11], lors de la parade du 1er mai, dans la *Karl-Marx-Allee*, je n'avais aucune idée de ce qui s'était passé là le 16 juin 1953[12].

Et, lorsque je me suis retrouvé sur l'*Alexanderplatz* parmi des milliers de jeunes habillés de bleu, beaux, heureux, le jour de la Pentecôte 1979, je n'avais pas du tout conscience qu'il y avait eu, deux ans plus tôt, exactement sur cette place, des affrontements sanglants avec des morts et des blessés.

---

[11] *Le Parti socialiste unifié d'Allemagne (Sozialistische Einheitspartei Deutschlands) était le seul grand parti autorisé en RDA, dans laquelle il joua pratiquement le rôle d'un parti unique.*

[12] *L'insurrection du 16 juin 1953 était le premier soulèvement populaire de grande ampleur dans le bloc soviétique. Elle éclata à Berlin-Est et dans d'autres villes de RDA et fut réprimée dans la violence par les troupes soviétiques dans les jours et semaines qui suivirent.*

Outre le fait que mon allemand n'était pas encore assez bon pour comprendre complètement et correctement les nouvelles courtes et sélectionnées des journaux, de la radio ou de la télévision, j'ai toujours eu l'impression que les gens en RDA étaient très silencieux. Ils ne parlaient tout simplement pas beaucoup, non seulement du mur, mais aussi de politique, du parti ou des hommes politiques de premier plan. Je ne devais ni pouvais donc pas savoir que, chaque année entre 1975 et 1980, de nombreuses personnes avaient quitté la RDA, que trois ans auparavant, un prêtre nommé *Oskar Brüsewitz* s'était immolé par le feu en signe de protestation, qu'un artiste nommé *Wolf Biermann* avait été privé de sa nationalité ou, pour citer la dépêche de l'ADN[13], *« qu'il avait été privé du droit de poursuivre son séjour en RDA°»* et que le scientifique *Robert Havemann*, assigné à résidence en septembre 1979, avait écrit dix thèses pour le 30ème anniversaire de la fondation de la RDA et parlait entre autres de la *dictature de l'appareil central du parti.*

Je n'ai bien sûr pas non plus eu le droit de savoir, que l'Union des écrivains avait expulsé neuf de ses membres la même année, divisant ainsi les intellectuels en deux camps, celui des dissidents (Dissi) et celui des dogmatiques (Dogi), et que le philosophe dissident *Rudolf Bahro* avait émigré à l'Ouest après sa

---

[13] *Allgemeiner Deutscher Nachrichtendienst était, à part Panorama DDR pour les nouvelles destinées à l'étranger, la seule agence de presse autorisée en RDA*

sortie de prison. En RDA, comme dans tous les autres pays socialistes, les relations de l'État avec les artistes, écrivains et scientifiques reflétaient parfaitement l'état de la politique. Aujourd'hui, le PCV du Viêt-Nam expulse ses criminels vers les États-Unis, mais aussi vers l'Allemagne, dès leur sortie de prison.

Ces vérités, qui m'étaient inconnues à l'époque, ne m'ont été révélées que progressivement après la chute du mur de Berlin en 1989. Mais, pour être honnête, je ne suis pas vraiment sûr que - même si j'avais su tout cela déjà - j'aurais pu me faire une autre image, plus critique, de la RDA à l'époque. Avec le recul, bien sûr, on est toujours plus sage, on en sait beaucoup plus et on peut donc beaucoup mieux comprendre le passé et le juger de manière plus critique. Avec le temps, les différences entre ce que l'on voyait, comprenait et ressentait à l'époque et la façon dont on les voit, comprend et ressent aujourd'hui évoluent.

Tina Rosenberg a certainement raison lorsqu'elle écrit dans son livre *The Haunted Land: Facing Europe's Ghosts After Communism*[14]: *« La capacité des humains à réécrire le passé pour l'adapter au présent, en particulier la capacité à réinterpréter la complicité individuelle avec un passé honteux, est un signe de la créativité et de l'ingéniosité de notre espèce. C'est un phénomène qui se manifeste chaque fois qu'une orthodoxie officielle*

[14] *Prix Pulitzer 1996, non traduit en français*

cède la place à une autre. Les citoyens sont alors obligés d'expliquer leur adhésion aux anciennes valeurs à la lumière des nouvelles valeurs.°»

Ce faisant, elle voulait condamner le comportement de certains Sud-Africains qui, après la fin du régime d'apartheid, affirmaient avoir combattu ce régime toute leur vie, ou d'Allemands qui, après la fin de la guerre, prétendaient ne rien savoir de l'extermination des Juifs. Il y a certainement d'autres exemples de ce genre. À mon avis, il ne faut pas oublier non plus que cette *capacité*, décrite par *Tina Rosenberg* de manière si ironique et critique, peut parfois aider les gens à survivre, ou plus simplement, à continuer à vivre.

Lorsque je décris la RDA comme un paradis, je pense que je ne me fais pas l'avocat ni même le complice du régime de la RDA. Je veux seulement dire que cette façade de la RDA était vraiment pour moi d'une beauté vertigineuse.

Les dirigeants de la RDA savaient très bien comment, quand et pour qui cette façade devait être maintenue propre et belle. Dans ses mémoires, *Jürgen Kuczynski*, dit *le dissident fidèle au parti*, nous raconte qu'a l'occasion d'une visite de *Erich Honecker*[15] à

[15] *Principal dirigeant de la RDA de 1971 à 1989. Occupa les postes de secrétaire général de la SED, ainsi que de président du Conseil d'État et de responsable du Conseil de défense nationale*

Leipzig, les maisons d'une rue qu'il devait emprunter avaient été repeintes et équipées de rideaux, bien qu'elles fussent toutes destinées à la démolition. L'*enthousiasme* des foules avait également été organisé°: lors d'une visite à Halle, *Honecker* descendit de sa voiture à un endroit précis dans la rue afin d'être *plus proche* du peuple venu l'acclamer. A un moment donné, les gens *franchirent la barrière par pur enthousiasme*. Cette *percée enthousiaste* avait été répétée pendant quatre jours. Pour nous les scientifiques étrangers, on n'avait, ni repeint de maisons, ni simulé le moindre enthousiasme, mais nous n'avions que peu de chance de pouvoir jeter un coup d'œil derrière cette façade dorée. Nous ne vivions pas à Prenzlauer Berg ou à Friedrichshain, ni à Bitterfeld, Halle ou dans la banlieue de Leipzig, autant de lieux qui m'auraient beaucoup moins ébloui. Et nous n'avions pas le regard aigu, critique et expert de *Timothy Garton Ash* ou *Tina Rosenberg*, pour voir ce qui se passait vraiment dans l'arrière-cour de la RDA. En outre, pour être critique, un point de vue indépendant et la capacité de comparer sont nécessaires. Pour un Vietnamien ne connaissant des réalisations modernes de l'Occident civilisé que les bombardiers B-52 américains, la RDA avait un visage bien différent de celui perçu par quelqu'un venant de Londres, Paris ou New York.

En 1979 j'avais rencontré par hasard un compatriote qui venait nous rendre visite dans notre maison d'hôtes de Berlin-Est. Comme il était autorisé à séjourner à Berlin-Ouest *capitaliste*, il faisait sans doute partie de l'élite privilégiée. Il était, je ne me souviens pas exactement, le fils ou le neveu du ministre vietnamien de l'intérieur. Il avait auparavant étudié en RDA, à l'Université de Technologie (TU) de Dresden, pendant cinq ou six ans, et effectuait actuellement un stage à la TU de Berlin-Ouest. Il était taciturne, paresseux et ne nous disait pas grand-chose sur la vie à l'Ouest. Mais il nous disait de très haut, que s'il aimait venir à Berlin-Est, parce que c'était beaucoup moins cher, venir de Berlin-Ouest à Berlin-Est lui donner l'impression de quitter le monde civilisé pour se rendre dans un village perdu. Je ne voulais pas croire un mot de ce que disait cet arrogant fils de cadre pistonné.

Ce n'est qu'après la chute du Mur que j'ai pu jeter un coup d'œil derrière la façade. Rykestraße, Oderberger Straße, Kastanienallee et ses arrière-cours, Hackescher Hof, Auguststraße, Pappelallee, Senefelderplatz... C'était une toute autre réalité, des lieux qui n'avaient rien à voir avec la zone de développement dans laquelle nous vivions. La seule chose étonnante, c'est que cela ne m'a pas impressionné outre mesure. Peut-être était-ce dû à l'humeur euphorique après la chute du mur de Berlin, à la confiance que tout irait mieux grâce à l'union monétaire et à la reconstruction de l'Est annoncée à grande hâte.

Mais lorsque j'ai vu dans le livre légendaire *Berlin-Est* de *Harald Hauswald* et *Lutz Rathenow*, interdit avant la chute du Mur, les photos en noir et blanc de ces quartiers quasi en ruines, j'ai soudain été profondément choqué. Était-ce la ville que je croyais connaître°? C'est exactement la réaction qu'*Ilko-Sascha Kowalczuk* avait décrite dans son introduction à l'édition du livre en 2014°: un choc. Les nouvelles constructions de la RDA, la tour de la télévision, le Palais de la République, les grands magasins *Centrum*, les quartiers résidentiels de *Hohenschönhausen* ou *Marzahn*, m'avaient tout simplement aveuglé. Cette cécité presque totale m'avait conduit à ignorer ces ruines oppressantes, documentées dans *Berlin-Est*, qui symbolisaient la décadence de la *ville de la paix* autoproclamée et annonçaient la décrépitude de la soi-disant *forteresse du socialisme*.

Alors que le poète et écrivain est-allemand *Lutz Rathenow*, dès le début des années 1980, en se promenant dans le palais de la République[16], avait prédit que *« peut-être ce palais devra-t-il un jour faire place à un château qui sera reconstruit°»*, j'admirais l'étrange et beau reflet de la cathédrale de Berlin dans la façade du palais, sans même me demander pourquoi les vitres du palais étaient *brunes*, une couleur que l'histoire récente du pays avait discrédité[17].

Que devait-il se passer et combien de temps serait encore nécessaire pour que s'imposent des points de vue indépendants, libres de toute idéologie et de toute illusion°?

---

[16] *Construit sur l'emplacement de l'ancien Château de Berlin, dont les restes avaient été détruits sur ordre du gouvernement. Après la chute du mur la prédiction de Rathenow s'est réalisée.*

[17] *Allusion à l'utilisation de la couleur brune par les Nazis.*

Reflets de la cathédrale de Berlin dans le Palais de la République, 1986

Depuis notre naissance, nous, les Vietnamiens du Nord, en particulier les générations nées après 1945, avons toujours été soigneusement organisés, protégés, contrôlés et dirigés par le PCV.

Cette emprise du parti était toujours et partout très présente, dans les plus petits villages, les coopératives de production des agriculteurs et artisans, les entreprises industrielles, les écoles, universités, institutions publiques et dans l'armée, de jour comme de nuit, pendant le travail et les loisirs, que l'on dorme ou que l'on fasse l'amour.

Depuis l'enfance, on nous avait répété sans interruption que, sans la direction du parti, nous ne pourrions jamais gagner la lutte contre les armées bien mieux équipées des agresseurs français, japonais et américains et contre les expansionnistes chinois.

Nous étions tous des combattants, d'abord pour l'indépendance et la réunification du pays, mais ensuite pour l'accomplissement de la tâche qui nous avait été assignée par l'ensemble de l'humanité[0]: construire avec succès le socialisme dans un pays autrefois opprimé par la domination coloniale, pas encore industrialisé et économiquement arriéré.

À cause de cette lutte, ou plus précisément pour cette lutte, nous devions être organisés en combattants, vivre dans un espace confiné et, bien sûr, renoncer à toute vie privée. C'est connu, les combattants n'ont rien de privé. Les balles de la mitrailleuse d'un légionnaire français et les bombes d'un bombardier B 52 de l'US Air Force ne touchaient pas un individu, mais nous tous.

Dans les pays étrangers, où, selon nos ambassade et attachés culturels, tant d'influences négatives et de tentations décadentes nous menaçaient, nous devions bien sûr être encore mieux organisés et protégés, et par conséquent très soigneusement contrôlés et encadrés.

Pour tous ceux qui se rendaient à l'étranger, c'est-à-dire en Union soviétique, en RDA ou dans d'autres états membres du Conseil d'assistance économique mutuelle, l'ambassade vietnamienne assumait cette fonction de contrôle et d'orientation pour les citoyens vietnamiens, qu'ils soient ouvriers, étudiants ou universitaires. Dans chaque ambassade, en plus des départements pour les activités diplomatiques normales, on trouvait aussi un département secret du service de sécurité d'état et une cellule du PCV avec son tout-puissant secrétaire, qui contrôlait et dirigeait tout et avait littéralement toujours le dernier mot.

Partout où nous étions en poste en RDA, que ce soit dans des institutions, des universités ou des entreprises, nous étions répartis en groupes, dont le chef devait être obligatoirement membre du PCV et accrédité par l'ambassade du Viêt-Nam en RDA.

Outre un chef, il y avait également dans chaque groupe un secrétaire du parti, officiellement élu par les membres du groupe et subordonné à la cellule du parti de l'ambassade, exactement comme dans l'Armée populaire du Viêt-Nam, organisée selon le modèle chinois avec ses commissaires politiques.

Les personnes envoyées à l'étranger, membres ou non du parti, rentraient chez elles à la fin de leur séjour, mais les groupes et les cellules du parti continuaient d'exister avec leurs nouveaux dirigeants nommés par l'ambassade et leurs secrétaires de parti *élus*.

Donc, si on venait en RDA à cette époque, pour quelque raison que ce soit et quelque que ce soit la durée du séjour, on devait d'abord se présenter en personne à l'ambassade, y remettre ses documents, notamment le certificat d'identité délivré et scellé par le service des cadres dont on dépendait au Viêt-Nam. Ensuite, on était affecté à un groupe, où l'on devait se présenter au chef de groupe et, pour les membres du CPV, aussi au secrétaire de la cellule du parti.

Membre du parti ou non, un dossier personnel suivait partout chacun d'entre nous, géré en commun par le chef de groupe et le secrétaire de la cellule du parti. Ils consultaient les membres et les sympathisants du parti, échangeaient leurs observations quotidiennes et très méticuleuses et réfléchissaient à ce qu'il convenait de mettre dans le dossier. Il contenait tout ce qu'on avait raconté sur son travail et sa vie lors des réunions régulières, ce qu'on avait dit, intentionnellement ou non, ce que les colocataires avaient rapporté sur nous.

Tout était inscrit dans le dossier°: qui on est, ce qu'on fait, ce qu'on aime boire et manger, comment on se comporte, quels sont nos amis, quel genre de films on regarde, ce qu'on lit, si l'on va sur des plages de nudistes, quand, comment et où l'on a dit quelque chose, ce que l'on a dit, et même ce que l'on pourrait bien penser. Nous étions donc surveillés, contrôlés et, oui, protégés 24 heures sur 24, d'au moins deux côtés. D'une part, en externe, par les gardiens et les femmes de ménage de la maison d'hôtes et d'autre part, en interne, par nous-mêmes.

Des informations, des faits nous concernant étaient recueillis, enregistrés et archivés, pas nécessairement en faisant usage de la violence, du chantage ou de la méchanceté. Le grand avantage de la surveillance interne était que - contrairement à la surveillance externe - elle pouvait non seulement nous garder sous contrôle par l'observation ouverte ou secrète de nos vêtements ou des réfrigérateurs, des livres, des draps (peut-être pour conserver les odeurs corporelles°!), mais aussi grâce à un mode de vie totalement collectivisée sans aucune intimité.

Dans une telle vie, où il y a toujours des gens qui semblent vous connaître mieux que vous ne vous connaissez vous-même, on est facilement tenté de se révéler volontairement et, par l'autocritique, de se confier sincèrement et honnêtement au collectif bien aimé et de renoncer à tout ce qui est privé.

Après votre séjour en RDA, le dossier - ainsi que les appréciations estampillées par l'ambassade et les évaluations du chef de groupe, du secrétaire du parti et de l'ambassadeur - était copié en plusieurs exemplaires et envoyé par courrier diplomatique au Viêt-Nam, au département des cadres de votre institut, au ministère de l'Intérieur, et ajouté en tant que nouvelle annexe à votre dossier, conservé avec soin et sans interruption pendant une longue période.

L'écrivain *Milan Kundera*, qui a émigré de Prague en 1975, pensait qu'un monde dans lequel les gens devaient vivre entassés les uns sur les autres, dans lequel la sphère privée avait été supprimée, était un camp de concentration. On ne sera donc pas surpris par l'expérience de son confrère vietnamien *Bui Ngoc Tan*. Lorsque celui-ci fut libéré d'un camp de rééducation après une longue période d'emprisonnement, tous les gens qu'il rencontrait lui semblaient être d'anciens compagnons de cellule. Et, il rajouta que le camp pénal dans la forêt, où il était détenu sans explication ni jugement, n'avait pas de clôture. Pourtant les prisonniers ne s'échappaient pas.

Où allez quand le pays tout entier n'est qu'une vaste prison°?

La maison d'hôtes de l'AdW dans la Zechliner Straße à Berlin a existé de 1975-76 environ jusqu'à la liquidation de l'AdW fin 1991. Les hôtes du Viêt-Nam allaient et venaient, mais rien ne changea dans ce système pendant toutes ces années.

Lors de mon premier séjour en 1979, mon chef de groupe était un historien de la littérature qui avait étudié la littérature allemande à l'université Humboldt. Il maîtrisait très bien l'allemand, car il avait passé presque toute son enfance quelque part près de Dresden en tant que fils d'un haut responsable du parti. Il était sympa et nous a beaucoup aidés, nous les nouveaux arrivants, à apprendre l'allemand.

Il nous donnait aussi l'impression d'être très versé dans les questions du marxisme-léninisme scientifique et du socialisme réel. A nous les profanes, il expliquait volontiers, que la véritable littérature allemande n'avait en fait commencer à exister qu'après la fondation de la RDA, parce que *Luther*, *Goethe*, *Schiller*, et tous les autres, étaient certes intéressants à lire, mais - en raison de l'absence de la théorie marxiste de la lutte des classes dans leurs œuvres - presque sans signification et sans valeur pour la révolution mondiale prolétarienne. Il est paraît-il devenu plus tard chef du département européen de l'Institut de littérature de Hanoï°!

Certains de ses proches étudiants et collaborateurs ont publié de nombreuses études, comme celles sur la conscience de classe de *Thomas Müntzer* en tant que véritable tête pensante de la *Guerre des paysans allemands*, au 16ème siècle, ou sur la façon dont la social-démocratie allemande avait trahi la classe ouvrière et était responsable du meurtre de *Rosa Luxemburg* et de *Karl Liebknecht*. Ce sont également eux qui rédigèrent une nécrologie pour

Erich Honecker, dans laquelle ce dernier était présenté comme un fin connaisseur de la littérature allemande°(!).

Récemment, dans un rapport qui a fait sensation au Viêt-Nam, ils ont expliqué de manière dramatique comment des écrivains remarquables de l'ex-RDA étaient de nos jours maltraités, discriminés, voire humiliés. Même le journal *Neues Deutschland*[18], soi-disant tenu en haute estime par tous les citoyens de la RDA, avait été chassé de l'un des plus beaux gratte-ciel du centre de Berlin, de sorte que sa rédaction devait maintenant se contenter d'un bâtiment miteux près du pont de la station de S-Bahn de Treptow.

Lors de mon deuxième séjour en RDA, en 1988, le chef de groupe était un chimiste qui travaillait dans le même institut de l'académie que moi. Nous vivions dans un appartement en colocation, lui dans la grande chambre et moi dans la petite, nous nous partagions la salle de bain et la cuisine. Pour moi qui n'étais pas membre du parti, cette situation aurait pu m'aider à obtenir de sa part une meilleure évaluation pour mon dossier.

Malheureusement, notre voisinage était plutôt froid que cordial. Et, conformément à l'esprit du temps, je devrais maintenant faire une autocritique honnête et dire que cette froideur était uniquement due à mon comportement. Si seulement j'avais fait un peu plus d'efforts bénévoles pour cuire son riz le soir, lui faire du thé

[18] *Organe officiel du SED, parti au pouvoir en RDA*

ou du café le matin, et passer moins de temps à mon travail à l'institut, afin d'aller faire les courses à sa place de temps en temps ou de lui apporter des produits rares°!

Il était très calme et pouvait à tout moment s'endormir avec un sourire satisfait dans la S-Bahn, le tram, le bus ou même à son bureau au laboratoire à l'heure du déjeuner. Même lorsque certains collègues de l'institut lui faisaient poliment remarquer que s'endormir pendant les heures de travail n'était pas bien, voire dangereux, il ne se laissait pas troubler, et choisissait en silence un coin caché de la bibliothèque de l'institut pour y poursuivre son somme.

Il a tout de même réussi à convaincre son directeur de thèse à l'institut que le fait d'écrire pour lui une grande partie de sa thèse serait une contribution extraordinaire à l'amitié internationale. À son retour de Berlin, on lui attribua le poste de directeur d'un institut chimique à Hanoï.

Plus tard, après la réunification, il est venu à Brême grâce à un programme du DAAD, l'Office allemand d'échanges universitaires. Cependant, comme il n'avait trouvé personne à l'université pour rédiger son projet d'habilitation, il profita tranquillement de son séjour à Brême, qui coûtait plusieurs milliers de DM par mois, puis il est rentré à Hanoï. Là, il a acheté une petite maison et a continué jusqu'à récemment à donner des cours à l'université de Hanoï. On dit qu'il utilisait ses cours pour dévoiler à ses étudiants l'amère vérité selon laquelle, dans l'Allemagne capitaliste, on ne tient malheureusement pas compte de l'internationalisme communiste que lui connaît si bien.

Néanmoins, prétendre que tous les diplômes ou doctorat obtenus par nos scientifiques en RDA l'ont été uniquement grâce à l'internationalisme communiste serait non seulement faux, mais serait une insulte à la majorité des scientifiques vietnamiens et à leurs collègues et supérieurs en RDA, qui n'avaient pas le temps de faire la sieste pendant leur travail et ont travaillé dur pour leurs diplômes ou mémoires.

Bien sûr, nous savions tous qu'il existait un certain quota inofficiel de *doctorats de l'amitié* pour les cadres qui étaient destinés à un poste de direction au Viêt-Nam. Les faits parlent d'eux-mêmes.

Je ne sais pas exactement si notre secrétaire de cellule du parti, que j'ai eu la chance de connaître lors de mes deux séjours en RDA, était l'un d'entre eux. Lorsque je l'ai rencontré pour la première fois en 1979, il préparait son doctorat.

De toute évidence, ma passion du cinéma et mes visites non autorisées à des collègues allemands excitèrent sa vigilance et son imagination révolutionnaires, et il leur consacra des notations détaillées dans mon dossier. Sans l'intervention patiente et persistante de mon patron plus ou moins libéral et de mes collègues allemands intéressés par nos résultats scientifiques, je n'aurais guère eu la chance de repartir à l'étranger avec un tel dossier.

Dix ans plus tard, quand je suis revenu à Berlin, il était déjà là. Trois ans avant, il avait emménagé dans une autre maison d'hôtes à Leninallee, aujourd'hui Landsberger Allee, qui était bien mieux équipée que notre ancienne maison d'hôtes. Il avait presque terminé son doctorat B, la version RDA de l'habilitation. Cet homme était vraiment unique°: après sept ans passés en RDA, il était incapable de dire une seule phrase correcte en allemand.

Nous avons bientôt eu l'occasion de nous convaincre du fait que cela n'était pas vraiment nécessaire. Pour défendre son doctorat B, auquel même nous, non membres du parti, avions été invités, il lut sa présentation mot pour mot à partir d'un manuscrit préparé. Lorsque les membres de la commission d'examen lui posèrent des questions, il répondit à chaque question, quelle qu'elle soit, en souriant, calmement et sage comme une image°: *«°Merci pour cette question. Elle m'aidera grandement à améliorer mon travail et contribuera ainsi à la consolidation de l'amitié socialiste entre nos pays.°»*

Cette phrase très compliquée, il l'avait répétée pendant plusieurs jours devant son miroir et devant ses plus fidèles camarades.

À Hanoï, il est devenu plus tard le premier directeur adjoint de l'Institut de physique de l'Académie. Il se consacrait presque exclusivement au travail du parti, sans lequel les *étonnants progrès* de la science vietnamienne au cours des dernières décennies ne pourraient guère être expliqués.

Après la réunification, la maison d'hôtes fut fermée. Nouveau système, nouvelles règles. Contrairement à nos colocataires nord-coréens qui, sans exception, avaient été impitoyablement rapatriés de la RDA vers leur pays d'origine en l'espace d'une semaine, nous avons pu rester en Allemagne, mais pas dans la maison d'hôtes. La maison d'hôtes avait été transformée en hôtel, et la nuitée était désormais étonnamment chère.

Tous les chefs de groupe ainsi que l'attaché culturel étaient partis rapidement et rentrés chez eux sans faire de bruit. Il est évident que plus personne ne nous protégeait des influences encore plus négatives et dangereuses et des tentations décadentes de l'Allemagne, devenue totalement capitaliste.

Chacun suivait son propre chemin. Certains préférèrent retourner au Viêt-Nam, d'autres tentèrent leur chance en Allemagne. La plupart abandonnèrent la carrière universitaire et essayèrent de financer leur nouvelle vie en vendant des cigarettes, des vêtements bon marché ou des *poêlées chinoises* faites maison.

Il a fallu un certain temps avant que la coopération entre mon institut à Berlin et les collègues du Viêt-Nam ne soit rétablie. Dans le cadre de cette coopération, de nouveaux doctorants et scientifiques du Viêt-Nam nous ont progressivement rejoints, d'abord à Berlin, puis à Rostock. En partie triomphant, en partie envieux, je pensais que les nouveaux collègues ne seraient plus intimidés par un chef de groupe ou un attaché culturel.

Mais il n’en était rien°! Après son arrivée en octobre 2011, un des nouveaux doctorants m'a naturellement demandé comment se rendre à l'ambassade du Viêt-Nam à Berlin le plus rapidement possible, car il devait se présenter en tant que membre du PCV à Rostock°!

Cela m'a rappelé une scène du roman *Le dieu des ténèbres* d'*Arthur Koestler*, dans lequel il écrit que *«°le parti n'était plus une organisation politique, il était en ruine, mais son appareil d'information et de surveillance fonctionnait toujours°»*.

Même après des décennies, le PCV semble toujours disposer d'un système intact d'appareils d'information et de surveillance avec lesquels il tente de contrôler les Vietnamiens, quels qu'ils soient et où qu'ils soient. Et ce n'est pas toujours sans succès.

Ce que sont devenus les cafards, fruit obstiné de décennies de coopération scientifique entre la République Démocratique Allemande et la République Socialiste du Viêt-Nam, après la dissolution de la maison d'hôtes de l'Académie, échappe malheureusement à ma connaissance.

Qui sait, si les cafards, *n'ayant pas été créés par Dieu*, peuvent survivre à la chaleur d'un volcan ou à un test de bombe atomique, alors il est bien possible qu’ils n’aient rien à craindre des révolutions politiques.

Le concierge de la maison d'hôtes

Parler de la vie dans la maison d'hôtes de l'Académie sans dire un mot sur notre concierge serait injuste. Cela vaut même la peine d'en dire un peu plus à son sujet, parce qu'il n'était pas une exception et qu'il appartenait plutôt à ce type de personne que vous pouvez rencontrer partout, parmi les nombreux concierges de la RDA, mais aussi dans l'Allemagne réunifiée. Ces personnes se rencontrent dans toutes les classes sociales, encore aujourd'hui. Elles sont fermement convaincues d'être supérieures à toutes les autres. Elles en savent plus sur tout et considèrent que leur travail, leur tâche et leur personne sont les plus importants et les plus significatifs qui soient.

Notre concierge était grand, fort et très sûr de lui. Parfois, on pouvait l'entendre donner des instructions au personnel avec sa voix grave et forte. Après le café, il partait généralement avec sa Wartburg, Dieu sait où, mais jamais sans sa grande et lourde mallette marron clair.

En sa qualité de concierge, il recevait personnellement les hôtes, quelle que soit l'heure. Il conduisait le locataire dans son propre appartement, lui expliquait les règles à respecter dans la maison d'hôtes.

Pour les nouveaux venus originaires du Viêt-Nam, de Cuba ou du Mozambique, il prenait généralement plus de temps et se donnait beaucoup d'efforts pour expliquer soigneusement comment prendre un bain ou une douche dans la baignoire, comment s'asseoir correctement sur le siège des toilettes et se servir de papier hygiénique, comment utiliser une cuisinière ou un réfrigérateur dans la cuisine et les nettoyer, comment brancher et éteindre la machine à laver, la télévision ou la radio. Bien sûr, c'était tout fait normal qu'il explique tout cela à ses hôtes, c'était son travail de concierge de s'occuper d'eux, de veiller à l'ordre et à la propreté de la maison.

Ce qui était intéressant, c'était sa façon de faire°! D'un ton sec, terre-à-terre, en véritable donneur de leçons, sans cœur, sans émotion, ne tolérant aucune question, quelque que soit le statut de son interlocuteur, docteur, professeur ou stagiaire. Que l'hôte soit là pour la première fois ou qu'il soit déjà un habitué de la maison n'avait aucune espèce d'importance. On avait l'impression qu'il portait en lui un tourne-disques, sur lequel il pouvait automatiquement, conformément au règlement et sans réfléchir une seconde, passer le disque approprié.

Au début de 1979, lors de mon premier séjour dans la maison d'hôtes, j'avais déjà entendu son introduction, quand je suis revenu fin 1988, j'ai eu droit pratiquement au même disque°: mes félicitations°! Il semblait juste un peu fatigué, un peu plus lent. La stagnation du *socialisme réel existant* en RDA et en Union soviétique venait d'atteindre son point culminant à cette époque°!

Notre concierge n'avait jamais été à l'étranger, sauf une fois en Roumanie et deux fois en Pologne, où, comme il aimait à le répéter, prévalaient pauvreté, paresse, désordre et saleté. Il ne lui était jamais venu à l'esprit qu'à Saïgon, dans le sud du Viêt-Nam, existaient des appartements plus confortables, avec des équipements beaucoup plus modernes que ceux de sa maison d'hôtes.

Pour lui, les Vietnamiens étaient probablement quelque chose comme les Indiens, les Peaux-rouges d'Amérique du Nord, qu'il avait vus dans des films de la DEFA[19] comme *Les fils de la grande ours*[20]. C'est peut-être pour cela qu'il m'avait demandé un jour si mon nom signifiait quelque chose comme *Rapide comme un cerf* ou *Dur comme la pierre*. Un jour, lorsqu'il aperçut dans ma chambre une photo de mon père assis à son bureau, il me demanda, à ma grande surprise°: *«°Oh, vous avez des bureaux chez vous°?°»*

Le concierge était en fait très gentil avec nous. De temps en temps, il venait nous rendre visite, spontanément, juste comme ça, pour bavarder, boire une bière. Il semblait savoir beaucoup de choses, peut-être même trop. Il expliquait comment les Américains avaient volé la technologie soviétique pour construire leur vaisseau spatial Apollo, comment et pourquoi il y avait tant

---

[19] *Deutsche Film AG était le studio public de la RDA*

[20] *Traduction mot à mot du titre du Film Die Söhne der Großen Bärin d'après le roman du même nom de Liselotte Welskopf-Henrich, sorti en 1966*

de criminalité, chômage, revanchisme, etc. en République Fédérale Allemande, en RFA, et à Berlin-Ouest. Sans hésiter une seconde il m'avait expliqué, à moi venant de Hanoï, comment les bombardiers américains avaient attaqué la ville et que sans l'aide de la RDA, les habitants auraient été complètement démunis.

Grâce à l'émission *La chaîne noire*[21] de la télévision de RDA ou à son journal *Neues Deutschland*, l'homme était tout simplement parfaitement informé°! Il savait aussi très bien comment nous vivions dans sa maison d'hôtes, ce qui se passait dans les chambres, qui était apparemment ou réellement lié avec qui, qui recevait fréquemment des visites ou du courrier du pays, qui achetait quoi, qui aimait l'alcool, qui ne buvait que de la bière et qui buvait plus qu'à sa soif. D'un seul sourire, il nous donnait à comprendre qu'il savait tout sur nous.

Une fois, nous avons pris ensemble l'ascenseur jusqu'au 4ème étage, où je partageais un appartement avec un compatriote. Un sourire aux lèvres, il m'annonça°: *«°Il y aura bientôt un appartement disponible au rez-de-chaussée. Ne voulez-vous pas vous y installer pour que votre Trabant verte n'ait plus à monter là-haut°?°»*

Ma petite amie conduisait alors une Trabant verte°! En fait, elle n'était pas venue très souvent, et je crois bien que nous n'avions jamais rencontré le concierge°!

---

[21] *Der schwarze Kanal était une émission de propagande politique de la télévision nationale est-allemande diffusée entre 1960 et 1989*

Pendant la période turbulente du *tournant* de 1989-1990, une liste de noms d'anciens employés de la Stasi fut publiée dans les journaux, son nom y figurait. Plus tard, lorsque des émissions comme *Spiegel-TV*, *Monitor* ou *Panorama* firent savoir, qu'après la chute du Mur, de nombreux anciens officiers et employés de la Stasi étaient devenus dirigeants ou membres de groupes néo-nazis, j'ai pensé à lui, à notre concierge d'autrefois.

Un jour, le journal *Berliner Zeitung* publia un reportage sur un homme qui s'était proclamé responsable de la discipline et de l'ordre sur une place de marché, le week-end, quelque part en Brandebourg. Un shérif de village.

Comme le shérif était fermement convaincu que la police combattait sans conviction les trafiquants de cigarettes vietnamiens illégaux, il prit l'initiative d'en emmener de force dans son minibus, et de les relâcher loin dans les bois comme bon lui convenait.

Allez donc savoir pourquoi, cette étrange histoire m'a également rappelé notre ancien concierge.

Le concierge de la maison d'hôtes de l'Académie des Sciences de RDA

La pièce de 5 Deutsche Mark

C'était pendant l'été 1989, à la station de S-Bahn Berlin-Schöneweide. J'attendais mon train pour Alexanderplatz quand une jeune femme me demanda°: *«°Où sont les taxis°?°»* Pas tout de suite, mais presque, je compris qu'une Polonaise se tenait devant moi et qu'elle avait besoin d'aide. *«°Eh bien, dehors°! A l'entrée, à gauche°! Il y a des taxis°!°» répondis-je.*

La femme s'est retournée et marcha en direction d'une autre femme, visiblement plus âgée, qui l'attendait sur la plate-forme avec plusieurs valises et des sacs près des escaliers.

À l'époque, les Polonais étaient autorisés à se rendre à Berlin-Ouest, il y avait même, pour autant que je sache, un *marché polonais* où l'on pouvait faire des affaires. À cette époque, les Polonais étaient partout à Berlin-Est. Dans des gares telles que la gare centrale de l'époque (aujourd'hui la gare de l'Est) ou la gare Friedrichstrasse, les trains étaient remplis de Polonais qui faisaient la navette entre Varsovie et Berlin-Ouest avec toutes sortes de bagages, sous les yeux parfois furieux, parfois envieux de nombreux citoyens de la *fraternelle RDA*.

Comment les deux femmes avaient réussi à porter autant de valises et de sacs jusqu'ici, à la gare de Schöneweide, était vraiment un mystère. Mais il m'est tout de suite apparu clairement qu'elles n'arriveraient pas à transporter toutes leurs affaires dans les escaliers, puis à travers le long tunnel piétonnier souterrain de la gare jusqu'à la station de taxis à l'entrée. Elles avaient l'air si impuissantes, regardant autour d'elles, cherchant désespérément de l'aide auprès des passagers qui passaient en toute hâte.

C'est souvent comme ça à Berlin. Lorsque vous êtes en route, vous ne faites attention qu'aux horaires afin de ne pas manquer votre bus, votre train, votre tram. Sur les quais, aux arrêts, dans le bus ou dans la S-Bahn, vous plongez le nez dans un journal, un livre ou vous immergez dans vos propres pensées, de sorte que vous n'avez pas le temps de percevoir votre environnement, d'enregistrer quoi que ce soit autour de vous. En plus de cela, l'été 1989 était un moment spécial, sans doute pour tous les peuples du monde, mais plus encore pour ceux qui vivaient à Berlin, en RDA, en Allemagne à cette époque, qu'ils soient juste de passage ou même se contentaient de traverser la ville en voiture.

Outre de nombreux Polonais, il y avait aussi beaucoup de jeunes dans les gares, parfois seuls, parfois en petits groupes avec d'énormes sacs à dos. Une blague faisait alors le tour du monde°:°*Les Berlinois ne veulent plus voyager en métro ou en train de banlieue. Pourquoi°? Comme ça, ils n'ont plus à entendre l'annonce «°Reculez... restez°!°»*[22].

Il y avait dans l'air quelque chose d'inexplicable, un étrange mélange d'inquiétudes, de peur, de colère, d'insatisfaction mais

---

[22] *Allusion aux annonces faites au moment de la fermeture des portes et au souhait inassouvi de nombreux Est-Allemands de quitter le pays.*

aussi beaucoup de joie, d'espoir et de satisfaction. C'est peut-être une des raisons pour lesquelles on avait encore moins de temps pour soi-même et son entourage, on était toujours pressé, comme si on essayait de fuir la rue le plus vite possible, d'entrer dans son appartement, de se retrouver entre dans les quatre murs de sa niche.

Mais moi, j'avais le temps. Après mon travail, rien ni personne ne m'attendait dans mon studio de l'académie, si ce n'est des conversations ennuyeuses, polies mais dénuées de sens avec M. le concierge ou les voisins de la pension. Outre le fait que j'ai passé plusieurs années de mon enfance à Varsovie, j'avais aussi d'autres sympathies pour la Pologne. En tant que nations marchandes et citoyens d'*éternels futurs grands pays*, les Vietnamiens et les Polonais s'entendent plutôt bien de toute façon. De plus, la petite femme plus jeune qui m'avait approché était belle, blonde, belle et timide.

Je suis rapidement allé voir les deux femmes et leur ai dit°: *«°Attendez°! Je viens avec vous, je vous montrerai où sont les taxis°!°»*

Nous avons finalement réussi, tous les trois, en faisant des efforts et assez rapidement, à porter tous les bagages jusqu'au taxi. Après que le chauffeur de taxi, pas vraiment réjouit, eut fini de charger leurs bagages en silence, je leur dis au revoir. Les deux femmes montèrent dans le taxi tandis que je me retournais et repartit vers la gare. La jeune femme était déjà dans la voiture, mais elle est ressortie et revint vers moi. À l'entrée de la gare, elle m'avait rejoint et alors qu'elle disait rapidement *«°dziękuję°! Merci°!°»*, elle glissa quelque chose dans la poche de ma chemise. Je n'avais encore rien compris, elle courrait déjà vers la voiture et monta rapidement. Le taxi était parti.

C'était une pièce de monnaie avec un aigle dessus. Tout d'abord, j'ai cru que c'était une pièce polonaise, un *Złoty*. Un souvenir, pour ainsi dire°! Bizarre. Mais à la maison, j'ai regardé la pièce de plus près et j'ai finalement découvert°: c'était une pièce de 5°DM. D'un côté, il y avait écrit *5 marks allemands*, de l'autre *République fédérale d'Allemagne*. « *Eh bien, elle voulait juste te récompenser pour tes services. Comme c'est gentil°!°»*, ai-je pensé en souriant.

Au marché noir, avec les employés de notre ambassade ou mes compatriotes, qui se tenaient à l'époque sur l'Alexanderplatz, à l'entrée du Rathauspassage, à peu près là où se trouve aujourd'hui le cinéma *Cubix*, et qui spéculaient avec l'argent ouest-allemand, la pièce aurait valu environ 50 marks de la RDA.

Dans le magasin à devises Intershop du Palasthotel - *depuis plus de 10 ans, le soi-disant AquaDom trône à cet endroit* - je ne pouvais rien acheter avec 5 DM. La pièce m'est donc restée fidèle et peu de temps après, qui l'aurait cru, à l'automne 1989, elle a vécu avec moi ce qui fut peut-être la période la plus émouvante de l'histoire allemande récente.

Le Mur était déjà tombé depuis cinq mois lorsque je me suis rendu pour la première fois à Berlin-Ouest, en mars 1990, à l'invitation d'un collègue, pour lui rendre visite, ainsi qu'à son groupe de travail, à l'Institut Fritz Haber de Dahlem.

Ce premier voyage à l'Ouest, c'est-à-dire Kudamm, gare Zoo, Gedächtniskirche[23], m'a étonné, mais je n'ai pas été aussi profondément impressionné que je l'avais prévu. Je ne me souviens de presque rien de cette journée, si ce n'est du sentiment de joie, de l'excitation, surtout au passage de la frontière à la station de S-Bahn Friedrichstrasse. Mais il y a une petite histoire que je n'ai pas oubliée et qui m'émeut encore aujourd'hui.

Après la visite à Dahlem, j'ai pris le métro pour retourner à la gare Zoo et j'ai marché lentement jusqu'à l'église du souvenir. *«°D'ici, tu appelles Ulrike°»*, me suis-je dit. *«°C'est ta première fois à Berlin-Ouest°»*. Ulrike, ma petite amie, vivait non loin du Mur, mais à Berlin-Est. Mais je n'avais pas d'argent ouest-allemand dans mon portemonnaie, à part cette pièce de 5 DM, la récompense de la jeune Polonaise. Après courte réflexion, je demandais à une dame âgée, bien habillée et à l'allure distinguée, qui passait par là°: *«°Excusez-moi, s'il vous plaît°! Je viens de l'autre côté et j'aimerais tellement téléphoner à la maison depuis ici. Auriez-vous l'amabilité de me changer cinq DM°?°»*

---

23 *Eglise du Souvenir de l'Empereur Guillaume (Kaiser-Wilhelm-Gedächtniskirche) construite entre 1891 et 1895. Après les bombardements de la seconde guerre mondiale, le clocher en ruines et un nouveau bâtiment sont devenus un mémorial contre la guerre.*

La dame ne m'a pas répondu tout de suite. Avec un regard froid, très froid, elle m'a regardé de haut en bas pendant quelques secondes et lentement, en se dominant difficilement, avec des lèvres presque immobiles, elle m'a dit°: *«°Mais moi, je suis d'ici°! Et je ne veux rien avoir à faire avec vous de là-bas°!°»*

Puis la madame a continué son chemin, calmement, lentement, fièrement, sans excitation, comme un oiseau secrétaire du zoo voisin. Tout étonné, je la suivais des yeux et pensais°: *«°Ha°! Et toi qui pensais déjà que tout le monde partagerait ta joie de pouvoir enfin téléphoner par-delà du mur.°»*

Mon problème d'argent fut résolu sans problème quelques pas plus loin, grâce à l'aide amicale, rapide et non bureaucratique d'un marchand de fruits et légumes turc.

Pièce de 5 DM Est-Ouest

Le test linguistique

Officiellement, ma procédure de naturalisation a commencé par un test de langue. Dans une lettre du bureau de l'état civil, j'ai été informé *«°que la demande de naturalisation sera traitée conformément aux § 85 et suivants de la loi sur les étrangers (AuslG) dans la version en vigueur à partir du 01.01.2000. Étant donné que, selon le § 86 AuslG, une connaissance suffisante de la langue allemande doit faire l'objet d'une vérification°»*, je devais par conséquent présenter des certificats prouvant ma connaissance de la langue allemande (originaux et copies).

Selon la lettre du bureau de l'état civil, des compétences linguistiques suffisantes étaient considérées comme prouvées quand le candidat à la naturalisation *« a) a acquis le Zertifikat Deutsch als Fremdsprache*[24] *ou un diplôme linguistique équivalent ou b) a fréquenté avec succès une école allemande pendant quatre ans, c'est-à-dire avec passage dans la classe supérieure suivante ou c) est titulaire d'un diplôme de fin d'études secondaires modernes ou d'un diplôme allemand équivalent ou d) a été transféré en 10ème année d'une école secondaire allemande (Realschule, Gymnasium ou Gesamtschule) ou e) a suivi avec succès*

[24] *Certificat Allemand comme langue étrangère*

un cycle d'études dans une université germanophone ou une formation professionnelle allemande°».

Avec les résultats de l'étude PISA (Programme for International Student Assessement) de l'OCDE pour l'année 2000 sous les yeux, il me semblait que répondre à cette exigence des autorités devrait être de l'ordre du possible°! Les candidats à la naturalisation qui, comme moi, n'avaient ni certificat, ni diplôme, pouvaient heureusement passer un *test de langue pour la naturalisation* dans les centres d'éducation des adultes[25] de Berlin comme preuve de compétences linguistiques suffisantes.

La participation à un tel test coûtait 30 DM, soit 15 €. Et, dans une brochure d'information des centres de formation pour adultes de Berlin, il était précisé que des compétences linguistiques suffisantes sont considérées comme acquises *« si le candidat à la naturalisation est capable de trouver son chemin linguistiquement dans la vie quotidienne dans son contexte allemand, y compris lors des contacts habituels avec les autorités, et que l'on peut tenir avec lui une conversation correspondant à son âge et son niveau d'éducation. Cela signifie également que le candidat à la naturalisation doit être capable de lire et de comprendre un texte de la vie quotidienne en langue allemande et de pouvoir en reproduire l'essentiel du contenu°».*

[25] *Volkshochschule, littéralement « université populaire »*

Dans la vie de tous les jours, dans mon environnement allemand, c'est-à-dire avec mes voisins ou collègues, dans les grands magasins ou les supermarchés, dans la rue ou dans les bars, dans le métro ou le train de banlieue, comme on l'entend probablement dans la fiche d'information mentionnée ci-dessus, je pense que je trouve mon chemin linguistiquement, pas à pas, jour après jour, après plus de dix ans de séjour. Bien sûr, ce n'était pas et ce n'est toujours pas facile°!

Tant à l'oral qu'à l'écrit, surtout lorsque j'utilise les trois articles *der*, *die*, *das*, je me trompe régulièrement. Les adultes qui apprennent des langues étrangères, comme moi, font probablement souvent l'erreur de trop réfléchir ou de chercher des règles, au lieu d'apprendre la langue par cœur.

Les noms de rivières et de fleuves sont en général féminins°? La Vistule, l'Elbe, la Weser, la Meuse, la Moselle, d'accord, mais pourquoi alors le Danube, le Rhin, le Main, le Mékong°? En allemand, les noms de pays n'ont souvent pas d'articles, c'est le cas pour les pays suivants°: Autriche, France, Allemagne, Angleterre, Thaïlande, Suède, Japon, Viêt-Nam, Inde, Chine. Pourquoi alors la Suisse°? Pourquoi le Soudan, la Turquie°?

Pourquoi *« der Bus hält an »* signifie-t-il que le bus *s'arrête*, qu'il ne roule plus, alors que *« der Protest hält an »* signifie exactement le contraire, à savoir que la manifestation *continue*°?

Dans la vie de tous les jours, je n'ai jamais vu personne s'énerver en entendant une douce voix féminine dire avec l'accent français°: *«°Cher Harald, peux-tu m'envoueiller un des bières d'hier soir°!°»* En tant qu'étranger, on a même parfois le privilège de pouvoir commettre des erreurs linguistiques dont les autochtones ne se plaignent pas.

Une fois, je me suis rendu au bureau de notre directeur adjoint de l'institut et lui ai demandé calmement s'il avait bien reçu ma commande (Auftrag). S'il n'avait pas détourné le regard pendant quelques secondes avec un sourire à peine reconnaissable, je n'aurais pas couru directement à mon bureau pour chercher dans le dictionnaire°: j'avais confondu *Auftrag* (commande, ordre…) et *Antrag* (demande, requête, proposition…)°! Ou dans un bar, au lieu de commander du vermouth, j'avais insisté pour que la serveuse m'apporte un peu de nostalgie (Wehmut).

Une collègue russe, mes anciens collègues en rient encore, avait annoncé sans détours il y a des années qu'elle ne se souciait pas du tout de savoir si les hommes étaient membres ou *sans-membres*[26] de la Société d'amitié germano-soviétique°!

Une autre collègue, originaire de Bulgarie, voulait conserver son ancien numéro de téléphone lorsqu'elle a déménagé. Avec toute la confiance en soi d'une cliente bien informée de ses droits, elle

[26] *Jeu de mot involontaire sur le mot Mitglied, qui signifie membre, par exemple d'une association, mais qui de fait est composé des deux mots « mit » (avec) et «°Glied » (membre, y compris un certain membre seulement masculin)*

se présenta à un comptoir de la poste et dit sans hésitation à un employé totalement perplexe°: *«°Je veux me déshabiller*[27] *immédiatement. Aidez-moi à faire vite...°»*

Sans parler de ces confusions, qui peuvent être beaucoup plus désagréables, comme entre *schwul* (homosexuel) et *schwül* (lourd, pour le temps), *frisch* (frais) et *frech* (effronté), *die Leiter* (l'échelle) et *der Leiter* (le directeur), *Evaluierung* (évaluation) et *Evakuierung* (évacuation), *Kuratorium* (conseil d'administration) et *Krematorium* (crématorium).

Ou bien encore *Leitkultur* (culture dominante, de référence) et *Leidkultur* (culture de la souffrance, entre autres nom d'un groupe de hiphop)...

Mon allemand serait-il déjà suffisant pour satisfaire aux attentes des autorités°? On disait partout que les fonctionnaires n'avaient aucun sens de l'humour et qu'ils ne pardonnaient pas la moindre erreur. Ils parlent et écrivent, j'en avais moi-même déjà fait l'expérience, une langue complètement à part, *l'allemand officiel*, *l'allemand juridique*, une langue sans vie, surchargée, exprimant l'autorité incontestée, inspirant non seulement aux étrangers, mais aussi aux Allemands de souche, le respect et la crainte.

C'est pourquoi, pour être honnête, j'eu un pressentiment étrange lorsque je me suis inscrit au test de langue à l'université populaire de Lichtenberg°: pour l'amour du ciel, pas de textes tels que

---

[27] *Déménager: umziehen, se déshabiller: sich ausziehen*

Instructions pour la déclaration d'impôt sur le revenu ou *Explications pour la demande de clarification de compte* de la BfA, l'Institution fédérale d'assurance pour les employés°!

Mais les choses ne se sont pas déroulées comme je le craignais. Le fameux texte, Dieu merci, n'était ni en allemand officiel ou juridique, ni dans le style d'un mode d'emploi de bouilloire, ou de vitamines. Heureusement, il ne contenait aucun de ces termes néo-allemands ou en *denglish*[28] qui irritent souvent les étrangers, comme *City-Clean*, *Car-Wash*, *Talk-Show*, *Wellness*, *Receiver*, *Highlight*, *Ice Maker*, *Job-Center*, *All-Age-Product*, *Hangover*, *relax*, *Download*, *easy* et autres, ni aucun de ces petits mots difficiles à comprendre comme *gegebenenfalls* (le cas échéant), *hiermit* (par la présente) ou *diesbezüglich* (à cet égard).

Le texte avait de toute évidence été extrait d'un journal, mais il était simple et court, lisible et compréhensible pour un étranger, Rien à voir donc avec l'expérience ancienne de *Mark Twain*.

Dans les salles d'attente d'un cabinet médical, d'un salon de coiffure, d'un cabinet d'avocats, d'une agence pour l'emploi ou d'une banque, en d'autres termes, partout où l'on est censé attendre lors d'une visite, il y a toujours quelque chose à lire. Des journaux périmés et des magazines froissés, que ce soient des revues illustrées du niveau de la *Bild Zeitung*, comme *Gala*, *Bunte*, *TV-*

[28] *L'équivalent local du franglais*

Movie, *Ella*, le catalogue d'*IKEA*, *Motorwelt*, *Fokus* ou des journaux plus sophistiqués, de niveau plus élevé comme *Spiegel*, *FAZ*, *die Zeit* ou *Tagesspiegel*.

Mais il n'y avait absolument rien à lire dans la salle d'attente du Bureau des étrangers, à l'époque où je devais m'y présenter régulièrement, et où le temps d'attente tendait vers l'infini. *De toute façon les visiteurs ne pourraient pas les lire ni les comprendre*, c'était probablement la raison de cette situation, conformément aux observations de *Mark Twain*.

Le texte n'était pas non plus si déroutant qu'un lecteur non allemand aurait l'impression de *« tenter de se frayer un chemin dans une jungle de mots, dont beaucoup n'ont pas de sens précis, beaucoup sont juste longs et certains semblent tout simplement superflus°»*, comme l'a écrit un autre étranger célèbre, fin connaisseur de l'Allemagne, *Gordon A. Craig*, dans son livre *The Germans*.

D'ailleurs, il était vraiment intéressant, et même passionnant, de lire comment *Gordon A. Craig* a décrit l'histoire de la langue allemande, avec ses hauts et ses bas, depuis *Martin Luther*, son créateur, jusqu'à aujourd'hui. Si vivante, émouvante et éclairante°! Et ce même professeur *Craig* a raconté dans son livre une anecdote, qui fait presque toujours sourire les étrangers.

À l'époque où *Bismarck* était le plus grand homme d'Europe, une Américaine en visite à Berlin était impatiente d'entendre parler le chancelier. Elle acheta deux billets pour la galerie des visiteurs du Reichstag et embaucha un interprète. Peu après son arrivée, le chancelier intervint dans le débat. La femme se rapprocha de l'interprète pour ne rien manquer de la traduction. Mais bien que *Bismarck* ait déjà parlé pendant un certain temps, l'interprète restait silencieux. L'Américaine, ne pouvant plus supporter son silence, lui demanda°: *«°Mais que dit-il°?°»*

«°Patience, Madame°», répondit l'interprète. *«°J'attends le verbe°».*[29]

Vu sous cet angle, le texte du test devait provenir de la *Bild-Zeitung*, qui est connue pour son style - probablement par pitié pour *Mark Twain* au XIXème siècle et pour d'autres étrangers moins célèbres aujourd'hui - trivial, parfois scandaleusement stupide et vulgaire, mais compréhensible. J'étais censé lire le texte et répondre ensuite à quelques questions sur son contenu. Juste en cochant une case, oui ou non, rien de plus. C'est sacrément important de savoir cocher correctement les cases et cela suffit pour les contacts habituels avec les autorités.

Le candidat à la naturalisation ne doit toujours pas passer de test à l'écrit, probablement parce que la réforme de l'orthographe, récemment introduite et très controversée, pourrait embarrasser aussi bien les candidats que leurs examinateurs. Ou simplement parce qu'on ne veut ni décourager les futurs citoyens allemands par de nombreuses règles strictes de grammaire et d'orthographe,

[29] *En allemand le verbe se trouve très souvent tout à la fin de la phrase*

source de désespoir et de gêne même pour des visiteurs aussi érudits que *Madame de Staël*, ni de risquer de passer pour raciste.

Après le test de lecture, le candidat était conduit dans une salle où son aptitude à communiquer oralement était testée lors d'un échange en tête-à-tête avec des examinateurs. Deux femmes sympathiques m'ont testé, sûrement enseignantes, blondes, les yeux bleus, un peu corpulentes. Afin de lancer la conversation, je devais décrire une des trois images qui se trouvaient sur la table devant moi. Quand j'ai voulu commencer à parler, j'avais du mal, alors en souriant, je leur ai dit°: *«°Vous savez quoi, je ne peux pas décrire cette image sans rire. Cela me rappelle tellement une histoire.°»*

«°Alors, s'il vous plaît, racontez-nous votre histoire°», a dit l'une des femmes avec curiosité.

C'était il y a des années lors de mon premier séjour à Berlin. À l'époque, en tant que chercheurs étrangers invités à l'AdW de la RDA, nous avions quatre ou cinq heures de cours d'allemand par semaine. C'était très utile et avec le *Dr. K.* comme professeur, c'était aussi très amusant. Un jour, il m'a laissé décrire un tableau, c'était une œuvre de *Zille*[30], je crois, où l'on pouvait voir

[30] *Heinrich Zille, dit « Zille » (1858-1929) : graphiste, lithographe, peintre, dessinateur et photographe allemand. Son thème de prédilection : les classes populaires et les marginaux berlinois, critique sociale et humour. Encore très populaire de nos jours.*

de dos un couple, un soldat et son amie en train de marcher. Le soldat ne tenait pas sa petite amie par la taille, mais avait mis sa main beaucoup plus bas, ce qui n'était pas très décent, bien sûr, sur ses fesses. Et moi, au lieu de dire simplement ça, je tonnai haut et fort, comme il est d'usage dans les cours de langues étrangères : *« le soldat a posé sa main sur son ... cul°!°»*

Comment pouvais-je savoir, après un si court séjour, que ce mot court n'est pas seulement grossier, mais - selon la façon dont il est prononcé ou souligné - pouvait prendre tant de nuances subtiles différentes et qu'aucune personne décente ne l'utilisait°? Mon professeur a mis pas mal de temps à se calmer et à s'arrêter de rire, d'un rire fort et délicieux. *« D'où diable tenez-vous cela°?°»*, répéta-t-il et il ajouta en riant°: *« D'après moi, vous n'avez plus besoin de venir en cours°!°»*

A voir les deux professeurs rire il m'a semblé qu'elles appréciaient mon histoire. Grâce à elle, j'avais évidemment réussi mon test de langue, car quelques semaines plus tard, le bureau d'état civil de Lichtenberg, me fit savoir que *« le centre de formation pour adultes du quartier de Lichtenberg, Berlin, nous a confirmé que vous avez des connaissances suffisantes en allemand au sens de l'article 86, paragraphe 1, de la loi sur les étrangers°»*.

Un jour de janvier 2003, j'ai reçu une lettre de la mairie du quartier de Lichtenberg m'informant que ma procédure de naturalisation pouvait désormais être conclue par la remise du certificat de naturalisation.

Pour obtenir la citoyenneté allemande, on me demandait de me rendre au *Bürgeramt*[31] 1 à Berlin-Hohenschönhausen pendant les heures d'ouverture et de présenter mes documents, c'est-à-dire carte d'identité, photo d'identité, permis de séjour. Il était souligné très clairement que la procédure de naturalisation est obligatoirement soumise à une taxe. Par conséquent, il était absolument nécessaire de présenter un reçu pour le paiement de la taxe de 255,00°€, qui, après déduction des frais du test linguistique à hauteur de 15,34°€, n'était plus que de 239,66°€.

La déclaration de loyauté

Parmi les documents à fournir, un document non mentionné dans la lettre de la mairie du quartier, était pourtant considéré comme la deuxième étape la plus importante de la procédure de naturalisation après le test linguistique. Il s'agissait de la déclaration de loyauté, que le bureau d'état-civil m'avait envoyée et expressément demandé de renvoyer une fois signée.

La loyauté fait partie, et c'est remarquable, de ces choses qui sont constamment exigées de nous tous, par les monarchies, les dictatures, les démocraties, les partis, les religions, les sectes, les clans, les familles, etc. C'est pourquoi j'ai signé ce document

[31] *institution publique municipale où sont regroupés les services d'accueil permettant aux citoyens d'effectuer différentes démarches administratives.*

sans hésitation. Néanmoins, quelques questions m'ont préoccupé pendant longtemps et ont même conduit à des pensées assez confuses.

J'ai vite établi que si mes amis allemands connaissaient la pratique des vœux de loyauté au régime nazi, ils n'avaient aucune idée de la moindre déclaration de loyauté envers le régime actuel. Cela signifiait-t-il que seuls les futurs citoyens se doivent d'être loyaux°? Ou bien, que la signature d'une déclaration de loyauté compte parmi les privilèges dont seuls les nouveaux citoyens bénéficient°?

Et en tant que nouveau citoyen allemand, je me suis naturellement demandé ce qui est *typiquement allemand* dans cette déclaration de loyauté que l'on m'enjoignait de signer.

Une telle déclaration aurait pu aussi bien s'appliquer aux futurs citoyens de n'importe quel pays°! Les pires dictatures de la planète déclarent souvent qu'elles soutiennent le droit du peuple, la démocratie, les élections universelles, directes, libres et égales, et ainsi de suite.

Et voici le texte de la déclaration de loyauté°:

Déclaration sur la demande de naturalisation
Après avoir été informé par l'autorité de naturalisation, je fais la déclaration suivante en toute sincérité°:
1) Je déclare mon soutien à l'ordre fondamental libre et démocratique de la Loi fondamentale de la République fédérale d'Allemagne. Je reconnais en particulier

a) le droit du peuple d'exercer le pouvoir de l'État par des élections et des votes et par des organes spécifiques de législation, du pouvoir exécutif et de la juridiction et d'élire les représentants du peuple au suffrage universel, direct, libre, égal et secret,

b) l'engagement de la législation vis-à-vis de l'ordre constitutionnel et l'engagement du pouvoir exécutif et du pouvoir judiciaire vis-à-vis du droit et de la justice,

c) le droit de former et d'exercer une opposition parlementaire,

d) l'amovibilité du gouvernement et sa responsabilité envers les représentants du peuple,

e) l'indépendance des tribunaux,

f) l'exclusion de toute violence et de tout arbitraire, et

g) les droits de l'homme concrétisés dans la Loi fondamentale.

2) Je déclare que je n'ai pas poursuivi, soutenu ou approuvé des efforts qui seraient dirigés

a) contre l'ordre fondamental démocratique libre, l'existence ou la sécurité de la Fédération ou d'un Land,

b) ou auraient pour objet une ingérence illégale dans l'exercice des fonctions des organes constitutionnels de la Fédération ou d'un Land ou de leurs membres,

c) ou qui pourrait mettre en danger les intérêts de la République fédérale d'Allemagne à l'étranger par l'usage de la force ou par des actes préparatoires dirigés contre elle.

Si cette déclaration de loyauté était une sorte de gage d'allégeance, comme le *pledge of allegiance*, prescrit à une personne naturalisée aux États-Unis, et que les enfants de ce pays sont censés dire par cœur le matin à l'école, je me suis dit qu'on aurait pu, en Allemagne, par le biais de ce document, promouvoir les vertus germaniques.

A titre d'exemples°: apprendre et cultiver le talent d'organisation, la fiabilité, la précision, la ponctualité, la propreté et la rigueur des Allemands, leur enthousiasme pour les jeux des équipes sportives nationales, apprécier et défendre la qualité *Made in Germany* de leur technologie, de leur science, de leur musique, de leur art, la réussite de la politique de démocratisation et de paix, la fondation et la réunification de leur État.

Mais, rien de tout cela ne se trouvait dans la déclaration de loyauté. Tout cela pourrait nous mener au sujet de la fierté nationale et de l'amour de la patrie, qui ailleurs – y compris dans mon ancienne patrie - sont considérées comme les plus grands devoirs d'un citoyen, mais qui ici est passée sous silence. La déclaration de loyauté n'explique pas à un futur citoyen allemand pourquoi il en est ainsi. Bien sûr, la fierté nationale peut être erronée ou faire l'objet d'abus. Mais cela ne veut pas dire qu'il ne faut pas parler de dignité à un nouveau citoyen, n'est-ce pas°?

Parce que la dignité ne peut naître que de la vérité et qu'elle grandit et s'épanouit dans la liberté, comme l'a écrit *Gitta Sereny* dans son livre *Dans l'ombre du Reich. Enquêtes sur le traumatisme allemand, 1938-2001.*

Cette déclaration allemande insignifiante et atypique, confirme un peu l'opinion de certains historiens selon laquelle la nation allemande, nation tardive, sans réelle perspective individuelle aujourd'hui – s'est empressée de devenir une nation européenne des temps modernes. Après des siècles d'histoire mouvementée, elle se retrouve soudain au centre de l'Europe, non seulement géographiquement, mais surtout politiquement, économiquement et culturellement, tout cela sous le drapeau de l'Union Européenne.

Après la victoire de *Donald Trump* aux États-Unis en 2016, *Timothy Ash* avait même déclaré que la chancelière *Merkel* était le dernier sauveur de l'Occident, et il parlait bien sûr de l'Allemagne°!

Je ne suis pas certain que cela soit un exemple de ce que l'on a appelé un sentiment constant d'insécurité, un sentiment qui peut entraîner la nation vers les extrêmes. Mais il est utile de comprendre pourquoi beaucoup partagent l'opinion selon laquelle la vieille Allemagne n'existe plus parce que les anciens États nationaux européens sont de plus en plus imbriqués, entremêlés, interpénétrés.

Cette évolution peut effrayer certains, mais elle montre clairement que le concept des puissances occidentales victorieuses en 1945 et celui de la réunification en 1990 pour combattre et contenir l'ancien et le nouveau national-socialisme en Allemagne semble fonctionner à merveille, un concept qui repose sur une démocratisation fondamentale et l'intégration ferme, large et profonde, voire irrévocable, de l'Allemagne dans un réseau politique, économique et culturel de la communauté démocratique internationale des nations.

Plus de deux siècles après *Goethe* et *Schiller*, on peut s'étonner du fait que les étrangers, ou même les nouveaux citoyens allemands, se demandent à nouveau où se trouve réellement l'Allemagne. Mais cette nouvelle Allemagne, étroitement liée à d'autres pays européens, est finalement un merveilleux résultat de l'histoire récente, une conséquence logique et magnifique de l'invention de la paix, comme l'a dit *Sir Michael Howard*. Le concept a été développé par les puissances victorieuses, mais il a été réalisé par les habitants du pays, par les femmes des ruines[32], les soixante huitards, les participants aux Marches de Pâques[33] ou aux manifestation de Leipzig en 1989, mais aussi par ces mêmes personnes qui ont été à plusieurs reprises au centre des discussions°: les immigrés, les personnes déplacées ou rapatriées (tardivement) [34], les étrangers, les réfugiés, que ceux-ci préfèrent se nourrir de jarrets de porc, de pizza, de kebab ou de riz. Ou non°?

Ne serait-il pas tout aussi important d'expliquer à un candidat à la naturalisation pourquoi il a reçu la citoyenneté européenne en

---

[32] *Ce sont elles qui ont relevé le pays de ses ruines après la guerre*

[33] *Manifestations pacifistes depuis la fin des années 50*

[34] *Allemands expulsés d'Europe centrale et orientale, d'Asie centrale après la seconde guerre mondiale ou venus en Allemagne après la réunification*

même temps que la citoyenneté allemande°? Je ne sais pas comment un ancien Allemand de l'Ouest se sentait lorsqu'il voyageait dans toute l'Europe, voire dans le monde entier.

Mais je peux en partie comprendre ce que ressentait un ancien Allemand de l'Est, un citoyen ordinaire de la RDA, quand il a enfin pu voyager librement après les événements de l'automne 1989.

Parce que, même aujourd'hui, mon cœur bat différemment, avec excitation et plus rapidement lorsque je traverse n'importe quelle frontière en Europe, pour me rendre en France, en Hollande, en Espagne ou en Italie. Cette liberté est devenue à une vitesse étonnante une évidence pour tout le monde°! Même pour nous, les Vietnamiens.

Ne serait-il pas mieux de transmettre cela à un futur citoyen allemand plutôt que de tenter de l'éduquer avec cette ennuyeuse déclaration de loyauté, qui aurait pu être rédigée n'importe où dans le monde, y compris dans une dictature°?

Donc, avec la lettre de la mairie du quartier de Lichtenberg et les documents requis, ainsi que plein de pensées confuses en tête, je me suis rendu au bureau d'état civil de Lichtenberg. Presque exactement comme dans la lettre, je rendis visite à la fonctionnaire que je connaissais déjà et qui avait signé la lettre susmentionnée.

Ensuite, tout est allé très vite. La fonctionnaire a vérifié très soigneusement l'exactitude de l'ensemble des documents que je lui présentais, en particulier le reçu de paiement des droits, puis elle a pris mon certificat de naturalisation dans un dossier posé sur son grand bureau. Elle s'est levée, a déposé un morceau de papier sur la table devant moi et m'a dit°: *«°Signez là et là, s'il vous plaît°! Ceci est pour confirmer que le certificat de citoyenneté vous a été remis aujourd'hui... Merci°»*. Elle m'a remis le certificat et a poursuivi°: *«°Désormais, vous êtes citoyen allemand. Veuillez-vous rendre dans la pièce 3C. Là, vous pouvez déposer une demande pour votre passeport et votre carte d'identité.°»*

Fini.

Même si je savais qu'il n'y avait pas de cérémonie officielle de naturalisation, cela m'a un peu surpris et même irrité et je me suis renseigné sur la question, sans le vouloir. Bon, pas de félicitations, pas d'hymne allemand ni d'examen sur la Loi fondamentale.

Quelques années plus tard seulement, à ma connaissance, une petite cérémonie a été mise en place suite à un débat au Parlement.

Eh bien, comme on dit°: *autres pays, autres coutumes*, ou, comme je l'ai lu un jour sur un T-shirt°: *autres pays, autres soupes.*

La fonctionnaire était restée fidèle à sa fonction, elle avait parlé de manière irréprochable, objectivement, sèchement, en prenant ses distances et sans montrer aucun sentiment ou sympathie, comme si elle tapait sur le clavier d'un ordinateur, en éditant des phrases préalablement enregistrées sur le disque dur et dont l'orthographe et la grammaire avaient été automatiquement vérifiées.

Je l'ai remerciée, et avant de quitter son bureau, je l'ai regardée dans les yeux pendant un moment et j'ai pensé qu'elle ne pouvait pas comprendre ce qui se passait en moi. J'avais en mains le certificat de naturalisation de la République Fédérale d'Allemagne, qui indiquait noir sur blanc que : - mon nom, ma date de naissance et mon lieu de résidence, tout était correct - *«°avait acquis la nationalité allemande par naturalisation au moment de la remise de ce certificat°!°»*

Une nouvelle vie allait commencer pour moi à partir de ce jour°! Je n'avais pas imaginé que ce serait aussi simple.

J'ai fait la demande pour ma carte d'identité et mon passeport. Une fonctionnaire a tapé dans son ordinateur mes données personnelles, nom, prénom, date de naissance, lieu de résidence. Elle était de forte taille, autoritaire et avait une voix profonde. Mais elle a souri quand elle m'a demandé°: *«°De quelle couleur sont vos yeux°?°»*

Je ne sais pas pourquoi, peut-être à cause de son sourire, qui trahissait sa gentillesse, je l'ai regardée pendant quelques secondes avec mes yeux asiatiques aussi grands que possible et, un peu inquiet, j'ai répondu°: *«°Je ne sais pas exactement...°!°»*

Elle m'a également regardé dans les yeux pendant quelques secondes et, comme si elle pouvait lire mes pensées, elle a ri°: *«°Oh, vous voulez que je vous regarde dans les yeux°? Vous aimez les films de 007, hein°? Mais je ne suis pas votre petite°!°Ah, Ah°!°»*

À contrecœur, j'essayais de faire remarquer qu'il ne s'agissait pas d'un film de *007*, mais de *Casablanca*. De sa voix profonde mais aimable elle rétorqua°: *«°Vous êtes à peine devenu allemand, et déjà vous commencez à vous disputer°! Vous avez encore tout le temps pour vous y mettre°!°»*

Comme tous les fonctionnaires, elle était tellement convaincue d'elle-même qu'il était inutile de discuter.

Mais ça, je le savais déjà. Il y a des années, lorsqu'une fonctionnaire avait cru découvrir que j'avais mal orthographié mon prénom, elle avait souri et m'avait dit de haut°: *«°Ici, dans notre pays, on écrit L-A-H-N, pas L-A-N-H, mon ami°!°»*

Des années plus tard, j'ai ris en lisant ce que *Bahman Nirumand*, écrivain et journaliste iranien, un proche de *Rudi Dutschke* et de l'ancien ministre fédéral de l'intérieur *Otto Schily*, a raconté dans l'un de ses livres[35]:

---

35 *Leben mit Deutschen (1989), soit Vivre avec les Allemands, non traduit*

Le vrai du faux

«°Un jour, un fonctionnaire a rugi quand je lui ai présenté un formulaire que je venais de remplir. Il a pris un crayon rouge, a souligné d'un trait épais mon prénom et m'a dit°: Vous êtes soi-disant écrivain et journaliste°? Et vous ne pouvez même pas écrire votre nom correctement. Bahman s'écrit avec deux n°!°»

Vive la fonction publique allemande, unique, éternelle et mondialement célèbre°! J'avais vécu mon expérience dans la *Zone*[36], Nirumand en Allemagne de l'Ouest, deux états, deux systèmes, deux idéologies, séparés depuis des décennies par un mur insurmontable.

D'expérience, j'appréciais la gentillesse de la fonctionnaire, et c'est pourquoi j'ai préféré me taire plutôt que de la contredire.

L'écrivain Erich Kästner avait écrit que, dans ce pays, toute personne qui sait se taire sera promue.

Argumenter était non seulement inutile, mais cela risquait de gâcher cette rare bonne humeur. C'est que les fonctionnaires amicaux comme cette femme sont une exception.

Au bureau d'enregistrement des étrangers, Friedrich-Krause-Ufer 24 à Berlin-Wedding, où je devais me rendre régulièrement, il y a quelques années, ils sont même considérés par ces mêmes étrangers comme une espèce disparue. Il me faut citer à nouveau *Nirumand*, qui dans son livre a décrit ses visites là-bas, pleines de honte et de douleur, avec des mots durs et amers, mais

---

[36] *La RDA*

justes. Avec quelle amertume aurait-il écrit s'il avait dû suivre le même chemin après la chute du mur à Berlin, dans les années 90°?

Oh, *M. Nirumand*, ne nous faisons pas d'illusions et soyons justes et honnêtes°! Les étrangers sont-ils traités par les autorités en Asie, en Afrique ou en Russie, mieux, plus amicalement, plus poliment qu'en Allemagne°? Probablement pas, n'est-ce pas°? En raison d'une maladie professionnelle répandue dans le monde entier, les fonctionnaires polis et *amis des étrangers* semblent tout simplement introuvables. Ce qui pourrait réconcilier les étrangers, c'est que ces mêmes fonctionnaires ne sont guère plus aimables et polis envers leurs propres compatriotes°!

La procédure était finie. La femme écrit *invalide* dans mon ancien passeport et me dit°: *«°Vous pouvez repasser dans quatre à six semaines pour récupérer votre passeport. N'oubliez pas de payer les frais administratifs.°»*

C'était étrange, sa voix semblait vouloir confirmer que les frais et rien d'autre, étaient la chose la plus importante dans cette histoire. J'ai hésité un instant et j'ai dit°: *«°Je n'aurai pas de papiers d'identité valables pendant quatre à six semaines. Ne pouvez-vous pas me donner quelque chose de temporaire, juste au cas où, s'il vous plaît°?°»*

La femme réfléchit pendant une seconde et répondu°: *«°Vous avez raison, chez nous, on ne peut rien faire sans papiers°!°»*

Elle n'arrêtait pas d'utiliser l'expression *chez nous*. On entend souvent ces deux mots chez les Allemands lorsqu'ils parlent à des interlocuteurs qui n'ont pas *l'air allemand*, consciemment ou inconsciemment, intentionnellement ou non, il peut sembler aux oreilles des personnes concernées qu'il existe une ligne de démarcation°: *«°Vous êtes un étranger ici, chez nous.°»*

«°Je peux vous donner une carte d'identité de remplacement, mais cela coûte quelque chose. 10 euros, 20 marks.°»

Une courte pause. Puis elle poursuivit°: *«°Ah, vous savez quoi, essayez d'être sage d'ici là°!°»*

Soudain elle s'écria°: *«°J'oubliais... vous avez dû être très sage, sinon vous n'auriez pas eu les papiers de naturalisation, n'est-ce pas°?°»*

Il y a plus de soixante-dix ans, le philosophe et sociologue *Helmuth Plessner* écrivait[37] qu'en Europe, on pouvait devenir Anglais ou Français. Mais pour être Allemand, c'était obligatoirement de naissance.

Finalement, la sympathique fonctionnaire m'avait confirmé officiellement la remarque d'*Erich Kästner*, pourtant déjà très claire°: qui veut devenir citoyen allemand doit simplement être sage.

---

[37] *Die verspätete Nation. Über die politische Verführbarkeit bürgerlichen Geistes, 1935*

C'était le 9 novembre 1989. Je me souviens encore très bien de mon incrédulité. Ce soir-là, une fois rentré du travail, j'avais allumé la télévision et écouté le discours du maire de Berlin-Ouest, Walter Momper. Il annonça qu'on attendait ce week-end à Berlin-Ouest des centaines de milliers de visiteurs venus de Berlin-Est. Et il conseilla aux Berlinois de l'Est de bien vouloir utiliser le métro et la S-Bahn de Berlin-Ouest. *Est-il fou°?* me suis-je demandé, *ou bien suis-je simplement trop stupide, et mon allemand encore trop mauvais pour comprendre la blague°?*

Oui, à l'automne 1989, des événements encore inimaginables il y a peu s'étaient multipliés sur l'ensemble du territoire de la RDA. La création du *Neues Forum*[38]. Des réfugiés est-allemands à Prague et Varsovie. Les *manifestations du lundi* pour la liberté et la démocratie, d'abord à Leipzig, puis dans d'autres villes du pays, avec le slogan - affirmation sans équivoque - devenu célèbre *Nous sommes le peuple°!*

Venu à Berlin à l'occasion de la 40ème Fête nationale de la RDA, Gorbatchev avait averti le gouvernement est-allemand des risques encourus par ceux qui ne saisissent pas l'occasion lorsqu'elle se présente, avertissement désormais historique.

---

38 *Premier mouvement politique indépendant en RDA*

On pouvait déjà sentir très clairement à quel point l'atmosphère de la ville était tendue. Quatre semaines auparavant, le 8 octobre, j'avais pris un bus à l'intersection de la Dimitrovstrasse et de la Kniprodestrasse pour me rendre au centre-ville. Le trajet du bus avait été modifié en raison d'une *provocation d'émeutiers anti-républicains à Alexanderplatz*, selon la dernière dépêche de l'agence de presse ADN. Le bus passa, apparemment par hasard, devant le bâtiment du Conseil d'Etat de la RDA. Je vis là des soldats, des policiers, des véhicules blindés. Jamais auparavant la ville de Berlin, la *ville de la paix*, n'avait été pour moi aussi sinistre, menaçante et effrayante.

Et puis - encore toute fraîche dans ma mémoire - la manifestation massive du 4 novembre à Berlin.

Mais ce que Walter Momper avait dit ce soir-là était si incroyable que j'étais fermement convaincu d'avoir mal compris et n'ai pas imaginé une seconde que *M. le Bourgmestre-gouverneur de Berlin* soit assez fou pour faire de telles plaisanteries.

Mécontent de mon allemand minable, je me couchai et dormi profondément, ratant ainsi la nuit de la chute du Mur de Berlin - la plus belle nuit de l'histoire allemande avec ces scènes dramatiques aux postes frontières de la Bornholmer Strasse et de l'Invalidenstrasse°!

Ce n'est que le samedi 11 novembre, vers 10 heures, que je me suis retrouvé au poste-frontière de l'Invalidenstraße et que j'ai voulu passer à Berlin-Ouest, comme presque tous les Berlinois de l'Est à ce moment-là. Mais je n'en avais pas le droit. Pour les étrangers, le Mur était toujours infranchissable.

Ce n'est pas grave, me suis-je dit, tout en regrettant l'interdiction. Après tout, le Mur faisait partie, comme on disait, du problème allemand, et la chute du Mur serait une solution à ce problème. Moi qui suis étranger, je préférais les laisser d'abord savourer seuls ce sentiment, un sentiment que nous éprouvions au Viêt-Nam depuis avril-mai 1975.

Un sentiment ressenti lorsque l'on franchit enfin une frontière jusque-là hermétiquement fermée qui, pendant des décennies, a tout séparé, pays, ciel, personnes, familles et destins de la manière la plus brutale qui soit.

Je suis donc resté là et j'observais avec joie les personnes qui, non loin du poste frontière, attendaient, disciplinées, devant une baraque provisoirement construite, pour recevoir leur 100 DM *d'argent de bienvenue*, et celles qui avaient probablement passé toute la nuit là-bas, à Berlin-Ouest, qui revenaient maintenant, chargées de sacs en plastique. Ces derniers arboraient les logos des chaînes de magasins *Aldi*, *Kaiser's* ou *Reichelt*, et du grand magasin de luxe *KaDeWe*.

Un peu plus loin, au poste frontière de la gare *Friedrichstrasse*, se déroulait une scène similaire.

Tout cela m'a rappelé ce jour de novembre 1975 où je me suis rendu pour la première fois au Sud Viêt-Nam. Sur le pont de *Hien Luong*, enjambant la rivière *Ben Hai* et qui, pendant vingt et un ans faisait office de frontière étanche entre le Sud et le Nord Viêt Nam, j'ai croisé un groupe de soldats chantants, apparemment heureux, en marche vers le nord. Avec la chute de Saïgon le 30 avril, la guerre avait pris fin. Les combats avaient cessé et le pays était dans un état de paix euphorique. Officieusement, une grande démobilisation avait commencé et ces soldats été sûrement autorisés à rentrer chez eux.

Il y avait quelque chose de bizarre. En dehors de leurs sacs à dos remplis à craquer, presque tous portaient un sac en plastique plein à ras bord de cadeaux venant du Sud pour leurs proches du Nord. Les logos sur ces sacs en plastique étaient *Hynos*, *Sanyo* et *Sony*.

Ces sacs en plastique étaient-ils la première, la seule compensation réelle, concrète et tangible que les Allemands aujourd'hui et les Vietnamiens autrefois recevaient après des décennies de séparation de leurs pays, de leurs familles et de leurs âmes°?

Au printemps 2003, j'appris que la frontière sur l'île de Chypre, qui divise le pays en deux depuis 1974, serait temporairement ouverte aux visiteurs à Nicosie à partir du 22 avril. Aurais-je la chance de vivre une nouvelle *chute de mur*°? Après le Viêt-Nam, en 1975 et la chute du mur à Berlin, en 1989, pourquoi pas Nicosie°?

Comme je voulais de toute façon partir en vacances à la fin du mois d'avril, j'ai immédiatement pris un avion pour Chypre. J'eu la chance de profiter d'une offre de dernière minute d'une petite agence de voyage à la gare de l'Est, car les touristes ne se bousculaient pas pour se rendre dans un pays où l'on célébrait justement la Pâque orthodoxe.

Le mur de Nicosie est une structure absurde, comme tous les murs du monde construits pour restreindre la liberté. Il s'agit en fait d'un double mur, l'un construit par les Turcs, l'autre par les Grecs et la bande tampon entre eux est gardée par des casques bleus de l'ONU.

Cette bande divise la ville en deux parties, Nicosie Nord et Nicosie Sud. Elle ne se limite pas aux rues ou aux cours, mais traverse aussi des maisons détruites, voire des pièces d'appartements abandonnés, inhabités et vides. J'ai cru reconnaître une salle de bain avec un miroir brisé dans une maison traversée par la bande tampon. La zone entre les deux murs est appelée *ligne verte*. Il fallait vraiment avoir de l'humour, voire être sarcastique, pour la nommer ainsi, car à mes yeux, elle était plutôt grise et vraiment pathétique. *Ligne grise* aurait certainement été plus appropriée.

À Nicosie, j'ai remarqué que tous les points de passage frontaliers n'étaient pas ouverts. Et là où c'était le cas, les heures de passage pour les touristes étaient très courtes. Pour être honnête, je n'avais pas vraiment envie d'aller visiter la partie nord, turque, de Nicosie. J'ai donc marché un peu le long du mur grec, c'est-à-dire dans la partie sud de la ville. Je ne savais pas à quoi cela ressemblait dans le nord, dans la partie turque, mais ici, dans la partie grecque, la vie était palpitante, colorée, bruyante, animée et joyeuse.

Partout, il y avait des magasins, des pubs, des restaurants, des hôtels et des touristes. Je me suis toujours demandé ce que les gens qui vivent ici penseraient, ce qu'ils ressentiraient s'ils pouvaient traverser le mur librement et se rendre à nouveau dans la partie nord de Nicosie, qui a appartenu à leur ville. Et les gens du nord, s'ils pouvaient faire de même. Qui porterait ici des sacs en plastique si un jour ce mur tombait°?

Finalement, je me suis arrêté juste devant un poste de contrôle. Derrière celui-ci, sur la *ligne verte*, quelques soldats des Casques bleus déambulaient en s'ennuyant. J'ai même cru en apercevoir un bâiller.

Juste à côté du poste de contrôle se trouvait un bistro qui s'appuyait presque contre le mur du côté grec. Devant le bistro, il y avait une sorte de *Biergarten*, une terrasse remplie de touristes tout comme le bar. Je ne me souviens pas du nom de la rue ou de celui du poste de contrôle. Mais je suis presque sûr que le bistro s'appelait *Berlin - Check Point Charlie*. Et que j'ai trouvé très drôle toute cette image du poste avec les soldats qui s'ennuyaient, la ligne verte, qui était en fait gris foncé, et le bar plein de touristes bruyants. Je suis rentré et n'ai même pas été surpris que, comme dans un bistrot sur l'Alex, on n'entende que du berlinois. Je demandais à un groupe de personnes assises dans un coin et qui avaient l'air plutôt sympas° :

« °Êtes-vous Berlinois° ? °»

« °Quoi d'autre° ? » répondit une femme en riant. Et elle ajouta° :

« °Et toi° ? »

« °Ick ooch° ![39] °», ai-je répondu.

---

[39] *Moi aussi, en dialecte berlinois (ich auch, en haut-allemand)*

Saïgon 1975, Berlin 1989, Nicosie°?

Remerciements

Mes remerciements vont à mon fils et à tous les amis, mais surtout à R. et E. Fricke, G. Will, J.-F. et S. Renault, qui m'ont motivé et encouragé sans relâche, ont lu mes textes, les ont commentés et ont également effectué des corrections afin que le livre soit enfin prêt à être publié.

Et je voudrais bien sûr remercier JP Bouzac pour sa traduction de la version originale allemande et pour ses illustrations. Merci aussi aux lectrices et lecteur français°: Dominique Renault, Sylvie Babin et Éric Caubet.